Hermann Knackfuss

Menzel

Hermann Knackfuss

Menzel

ISBN/EAN: 9783744638401

Hergestellt in Europa, USA, Kanada, Australien, Japan

Cover: Foto ©Andreas Hilbeck / pixelio.de

Weitere Bücher finden Sie auf **www.hansebooks.com**

Liebhaber-Ausgaben

Künstler-Monographien

In Verbindung mit Andern herausgegeben

von

H. Knackfuß

VII

Menzel

Bielefeld und Leipzig
Verlag von Velhagen & Klasing
1897

Von

H. Knackfuß

―――

Mit 141 Abbildungen von Gemälden, Holzschnitten und Zeichnungen

Dritte Auflage

Bielefeld und Leipzig
Verlag von Velhagen & Klasing
1897

Von diesem Werke ist für Liebhaber und Freunde besonders luxuriös ausgestatteter Bücher außer der vorliegenden Ausgabe

eine numerierte Ausgabe

veranstaltet, von der nur 100 Exemplare auf Extra-Kunstdruckpapier gedruckt sind. Jedes Exemplar ist in der Presse sorgfältig numeriert (von 1—100) und in einen reichen Ganzlederband gebunden. Der Preis eines solchen Exemplars beträgt 20 M. Ein Nachdruck dieser Ausgabe, auf welche jede Buchhandlung Bestellungen annimmt, wird nicht veranstaltet.

Die Verlagshandlung.

Druck von Fischer & Wittig in Leipzig.

Nach einer photographischen Aufnahme vom Hofphotograph R. Brasch in Berlin.

Abb. 1. Vignette aus Menzels „Geschichte Friedrichs des Großen."

Adolph Menzel.

Abb. 2. Initiale aus Menzels „Geschichte Friedrichs des Großen."

enn ein Künstler mit seinem Schaffenswerk in die Gegenwart hineinreicht, dessen Thätigkeit sich über mehr als zwei Drittteile des Jahrhunderts ausdehnt, dessen Schöpfungen bei mehreren einander folgenden Menschengeschlechtern eine niemals schwankende Bewunderung gefunden haben, so gilt von einer solchen Persönlichkeit der Satz nicht, daß die geschichtliche Bedeutung eines Zeitgenossen nicht mit der dem Geschichtschreiber gebotenen Ruhe und Unbefangenheit ihrem wirklichen Werte nach beurteilt werden kann. Wohl mag sonst der Blick des Mitlebenden durch den ungenügenden Abstand am Erkennen der richtigen Maße verhindert, wohl mag sein Urteil durch den Einfluß des herrschenden Zeitgeschmacks, dem nur die wenigsten vollständig sich zu entziehen vermögen, getrübt und hier zu Überschätzung, dort zu Verkennung geleitet werden: Adolph Menzel, das Bild einer klaren, zielbewußten und vom Tagesgeschmack nicht beirrten, völlig in sich abgerundeten und geschlossenen Künstlerpersönlichkeit, steht auf einem festbegründeten Standpunkt da, der solchen Zweifeln entrückt ist. Er gehört der Geschichte an als eine der glänzendsten Erscheinungen der deutschen Kunst im XIX. Jahrhundert.

Adolph Menzel wurde geboren zu Breslau am 8. Dezember 1815. Sein Vater war der Vorsteher einer Mädchenschule; später verlegte sich derselbe auf die Lithographie. Adolph wurde für einen gelehrten Beruf bestimmt, aber die Verhältnisse stellten sich dem Verfolg der dahin gerichteten Studien entgegen; und da der Knabe eine leidenschaftliche Liebe zur Kunst zeigte, kam es ganz von selbst dahin, daß er schon im Knabenalter zum Gehilfen seines Vaters wurde. Im Jahre 1830 verkaufte dieser sein lithographisches Geschäft und siedelte nach Berlin über. Dazu war der Gedanke mit bestimmend gewesen, daß Adolph hier eine bessere Gelegenheit zur Ausbildung seiner künstlerischen Fähigkeiten finden würde. Schon 1832 im Januar starb der Vater, der auch in Berlin sich mit dem Anfertigen lithographischer Zeichnungen, bei denen sein Sohn ihm half, beschäftigt hatte, plötzlich am Schlagfluß. Der eben Sechzehnjährig-gewordene war jetzt ganz auf sich selbst angewiesen. Er zeichnete Flaschenetiketten, Entwürfe für Stubenmalerschablonen, Vignetten für Geschäftsempfehlungen und Preiskurante und was immer sonst sich ihm darbot als Mittel, seine Geschicklichkeit im Steinzeichnen und seine Erfindungsgabe zu verwerten (Abb. 3). Dabei verwendete er auf jede dieser Arbeiten eine solche Gewissenhaftigkeit, daß keine derselben eine verlorene Zeit für ihn bedeutete. Einen größeren Auftrag bekam er 1833 von dem Kunsthändler Sachse. Ein älteres lithographisches Werk, welches das Leben Luthers behandelte, sollte neu aufgelegt werden; und da die alten Platten nicht mehr brauchbar waren, wurde Menzel die Aufgabe zugewiesen, die Bilder von neuem auf Stein zu zeichnen. Dabei war es ihm unverwehrt, die gegebenen Vorbilder fried Schadow öffentlich Worte warmer Anerkennung widmete. Es enthält sechs Blätter, von denen die fünf ersten je zwei Bilder tragen, und eine Titelzeichnung auf dem Umschlag. Die Titelzeichnung gibt eine Art Inhaltsübersicht in sinnbildlichen, in Zierwerk eingeflochtenen Darstellungen. Die Bilderfolge erzählt ihr Thema, das dornenvolle Leben eines Malers, der erst nach dem Tode Anerkennung findet, kurz und klar. Unter jeder Darstellung ist eine kleine Vignette angebracht, die ein sprechendes Gleichnis enthält. Die Unterschrift besteht jedesmal in einem einzigen Wort. Diese Knappheit und

Abb. 3. Jagdeinladungskarte. Federzeichnung auf Stein.
(Eigentum und Verlag von R. Wagner in Berlin.)

durch Hineinbringen von Leben und Charakter umzugestalten, so daß die neuen Zeichnungen in gewissem Sinne sein eigenes künstlerisches Werk wurden. Im Sommer des nämlichen Jahres trat er in die Gipsklasse der Akademie ein. Aber schon nach kurzer Zeit blieb er wieder von der Akademie weg, da er sich überzeugte, daß das, was damals dort gelehrt wurde, ihm nicht viel nützen könnte. Er führte nun für eben jenen Kunsthändler Sachse ein Heft lithographischer Zeichnungen aus, mit denen er zuerst als selbständiger Künstler an die Öffentlichkeit trat. „Künstlers Erdenwallen. Componirt und lithographirt von A. Menzel," war der Titel des Heftes, das im Jahre 1834 erschien, das allgemeinen Beifall fand und dem sogar der alte Gott- Sicherheit des Ausdrucks, die schon in dem Jugendwerk in Wort und Form hervortritt, ist bezeichnend für Menzels ganze Art. Im „Keim" sehen wir das Talent des Helden der Bildergeschichte sich dadurch äußern, daß er als kleiner Junge den Fußboden bekritzelt (Abb. 4). Der „Trieb" macht sich Luft im heimlichen Üben künstlerischer Thätigkeit des Heranwachsenden. Aber „Zwang" fesselt den Jüngling an einen verhaßten Beruf, bis er sich durch die Flucht „Freiheit" verschafft. In der Akademie machte er darauf „Schule" durch, und der Beginn freier Künstlerthätigkeit bringt ihn in „Selbstkampf". „Liebe" gewährt ihm Trost. Aber auf die „Luftschlösser," die er im Jugendrausche baut, folgt die „Wirklichkeit" mit

Abb. 4. Aus dem Heft lithographischer Federzeichnungen: „Künstlers Erdenwallen" (1834): „Keim".
„Erstes Aufblitzen des Genies, die Preisverteilung besteht in Prügeln." — „Kaum entschlüpft der Schmetterling der
Puppe und regt die Schwingen zu eigenem Flug, so bedroht ihn die Fangklappe."
(Eigentum und Verlag von R. Wagner in Berlin.)

bitterer Brotarbeit (Abb. 5). Das „Ende" ist ein frühzeitiger Tod im Kreise einer in Dürftigkeit zurückbleibenden Familie. Und dann bringen seine hinterlassenen Werke ihm „Nachruhm." — Ein Zeichen der Anerkennung, die diese Blätter um der geistreichen Erfindung und der scharf kennzeichnenden Darstellung willen in den Kreisen der Künstlerschaft fanden, war die durch einstimmige Wahl erfolgte Aufnahme Menzels in den „Jüngeren Berliner Künstlerverein," gleich nach dem Erscheinen des Heftes.

Nach der Vollendung von „Künstlers Erdenwallen" nahm Menzel sofort eine Bilderfolge von anderer Art in Arbeit, die er ebenfalls in Lithographie, aber nicht wie jenes erstes Werk in leichter Federzeichnung, sondern mit der Kreide in mehr malerischer Behandlung ausführte: „Denkwürdigkeiten aus der brandenburgischen Geschichte." Die Folge bestand aus einem Umschlagtitel und zwölf Bildern. Gegenstände derselben waren: Die Predigt des Christentums bei den Wenden durch den heiligen Vicelin, die Erstürmung der Feste Brennabor durch Markgraf Albrecht den Bären, die Belehnung Friedrichs von Hohenzollern mit der Mark Brandenburg, der Übertritt des Kurfürsten Joachim II zum Luthertum, die Erbhuldigung der preußischen Landstände vor dem Großen

Kurfürsten, die Schlacht bei Fehrbellin, die Weihung Kurfürst Friedrichs III zum König in Preußen, die Einwanderung der Salzburger Protestanten, die Schlacht bei Mollwitz, Friedrich der Große vor Leuthen, die Freiwilligen von 1813 und ein Schlußblatt „Victoria!" Im Jahre 1836 war das Werk nicht auf eine romantische Verklärung der Begebenheiten, sondern auf die möglichste geschichtliche Treue, auf glaubwürdige Veranschaulichung der Thatsachen aus, und gerade in den Bildern aus der jüngeren Zeit erreichte er hierin das Beste. Es dürfte wohl kein gemaltes Historienbild aus

Abb. 5. Aus dem Heft lithographischer Federzeichnungen: „Künstlers Erdenwallen" (1834): „Wirklichkeit."
(„Brotstudium, Sorge." — „Dem Schwan werden die Flügel beschnitten.")
(Eigentum und Verlag von R. Wagner in Berlin.)

fertig. Heute mehr anerkannt, als zur Zeit seiner Erscheinung, bekundet dasselbe eine erstaunliche Unabhängigkeit des jungen Menzel von dem herrschenden Kunstgeschmack der Zeit. Während man sich sonst damals Geschichtsdarstellungen aus dem Mittelalter nicht anders als im Gewande der Romantik denken konnte und Begebenheiten aus nachmittelalterlicher Zeit im allgemeinen für überhaupt nicht recht darstellungswürdig hielt, ging Menzel gar jener Zeit nachzuweisen sein, welches so viel schlichte Natürlichkeit und ebendadurch eine solche Wahrheit der Veranschaulichung enthielte, wie Menzels Schilderung des Einzugs der Salzburger Protestanten. Das dem glücklichen Erfolg der Befreiungskriege gewidmete Schlußblatt „Victoria" ist eine ganz großartige Schöpfung: ein in weiter Ferne sich verlierendes Schlachtfeld, die Überlebenden in tiefer Bewegung, kampfesmüde

Abb. 6. Kopfleiste zur Schlesischen Kunstzeitung.
Zeichnung auf Holz, geschnitten von Baudouin.

Männer und Jünglinge, Verwundete und Gesunde, alle einig in dem Gefühl des Dankes gegen den Höchsten, der die preußischen Fahnen zum Siege geführt. — Wenn in den Darstellungen aus der mittelalterlichen Geschichte nicht das gleiche Maß von Glaubhaftigkeit der äußeren Erscheinung erreicht ist, wie in denjenigen aus jüngerer Zeit, so kann man das selbstredend nicht dem Zeichner zum Vorwurfe machen: denn die Erforschung der deutschen Vorzeit lag damals noch in den Windeln; aber alles, was ihm an Studienmaterial für das Aussehen der Menschen entlegener Jahrhunderte erreichbar war, hat Menzel mit der größten Gewissenhaftigkeit benutzt.

Während er an den Brandenburgischen Denkwürdigkeiten arbeitete, machte Menzel, ohne Unterweisung, seine ersten Übungen in der Ölmalerei. Dabei war ihm die Linkshändigkeit, die ihm von Kindheit an eigen war, ein Hindernis; aber durch die eiserne Ausdauer seiner Bemühungen brachte er es dahin, bald eine ganz gleiche Geschicklichkeit in beiden Händen zu erlangen. Sein erstes Ölbild führte er im Jahre 1836 aus, „mehr knetend als malend" nach seinem eigenen Ausdruck; dasselbe stellte eine Schachpartie vor. Darauf folgte ein Bild mit dem Titel: „Auf zu den Waffen!" — eine Schilderung aus der Zeit des dreißigjährigen Krieges. Erst das dritte Bild, „Konsultation beim Rechtsanwalt," 1837 gemalt, erregte beim Publikum Aufsehen. Im nächsten Jahre entstand ein Gemälde: „Der Familienrat," die Schilderung einer an sich ganz anspruchslosen Situation in der Tracht der höheren Stände des XVII. Jahrhunderts. Das Bild war von der herrschenden gleichzeitigen Sittenmalerei ebenso verschieden, wie die Kompositionen der Brandenburgischen Denkwürdigkeiten von der damaligen Historienmalerei: nichts Anekdotisches, nichts von Sentimentalität, aber schärfste Kennzeichnung lebenswahrer Charaktere und schlagende Natürlichkeit des Ausdrucks; dabei war es ein wirkliches Gemälde, von echtem malerischen Reiz, von reicher, aber ganz ungekünstelter, naturwahrer Wirkung. Im Jahre 1839 kam ein Gemälde, betitelt „Ein

Abb. 7. Aus den Holzschnittbildern zur „Geschichte Friedrichs des Großen" (1839—1842):
Kampf im Engpaß (Schlußvignette zu dem Kapitel über den Feldzug des Jahres 1745).

Gerichtstag" zur Ausstellung. Da sehen wir vor dem Tribunal die Bahre einer ermordeten Dame, die vorgeführten Mörder auf der einen Seite und an der anderen den Gatten der Erschlagenen, der auf die in einem Bilde nicht mehr lieben, so kam dasselbe ebendeswegen dem Verständnis des damaligen Publikums näher, das noch sehr weit von der Einsicht, daß ein Gemälde vor allem durch seine malerischen Eigen-

Abb. 8. Aus den Holzschnittbildern zur „Geschichte Friedrichs des Großen" (1839—1842):
Friedrich der Große und Cocceji.
„Friedrich . . . entschloß sich jetzt, (in der Justizverwaltung) mit Macht durchzugreifen und schnell Ordnung zu schaffen. An dem Minister Cocceji fand er den Mann, der zu einem solchen Geschäfte Einsicht und Kraft besaß."

Kniee gesunken mit leidenschaftlicher Gebärde um Rache schreit, während das kleine Söhnchen betrübt, aber noch ohne das Schreckliche ganz zu begreifen, dabei steht. Wenn heutzutage dieses Bild, das sich gleichfalls in die Tracht des XVII. Jahrhunderts kleidet, weniger sympathisch berührt, weil wir das starke Mitsprechen des novellistischen Inhalts schaften zum Kunstwerk wird, entfernt war.

Nebenher führte Menzel verschiedene lithographische Zeichnungen aus, in denen er figürliche Darstellungen mit Zierwerk durcheinander wob. So, unter vielen anderen, das Gesellendiplom des Zimmergewerks von Berlin (1834), den Gesellenbrief der Maurer von Berlin (1838), das Diplom des Offizier-

Schieß-Vereins (1839) und — das schönste Blatt von allen — eine Verbildlichung der Bitten des Vaterunsers. Unerschöpflichkeit der Phantasie, Geschmack der Anordnung, Geist und an geeigneter Stelle auch Witz und Laune machen diese Blätter zu modernen Seitenstücken von Dürers Randzeichnungen im Gebetbuch Kaiser Maximilians.

Der Buchhändler Weber in Leipzig hatte den Gedanken, eine illustrierte Geschichte Friedrichs des Großen herauszugeben. Für den Text gewann er den sonst besonders durch seine kunstgeschichtlichen Schriften bekannt gewordenen Franz Kugler, und dieser war es, der Adolph Menzel als die geeignetste Kraft, um die bildliche Ergänzung zu

Abb. 9. Aus den Holzschnittbildern zur „Geschichte Friedrichs des Großen" (1839—1842): Friedrich der Große in seinem Arbeitszimmer im königlichen Schloß zu Potsdam.

Im Jahre 1839 wurde an Menzel eine Aufgabe gestellt, die ihn dazu führte, seinen Forscherfleiß einem bestimmten Zeitalter zuzuwenden und dasselbe so gründlich kennen zu lernen, daß es vor seinem geistigen Auge vollständig lebendig wurde, als ob es Gegenwart wäre. Das ist das Zeitalter Friedrichs des Großen, dessen Erscheinungsformen durch Menzel mit einer einzigartigen umfassenden Gründlichkeit der Nachwelt zu lebensgetreuer Anschauung gebracht worden sind.

dem geschriebenen Wort zu schaffen, in Vorschlag brachte.

Im März des genannten Jahres wurde der betreffende Vertrag abgeschlossen, den, da Menzel noch minderjährig war, dessen Vormund mitunterzeichnen mußte. Die Zahl der zu liefernden Abbildungen, die für den Buchdruck auf Holz gezeichnet werden sollten, wurde auf vierhundert bemessen.

Hatte Menzel schon bei Gelegenheit seiner Zeichnungen zur brandenburgischen Geschichte

Veranlassung gehabt, sich mit dem Großen König und seiner Umgebung zu beschäftigen, so vervollständigte er jetzt seine hierauf bezüglichen Kenntnisse mit der denkbar größten Gewissenhaftigkeit. Er suchte jedes Bildnis Friedrichs II, Gemälde oder Kupferstich, auf und zeichnete dasselbe ab, bis er die Persönlichkeit seines Helden in allen Abschnitten seines Lebens, von der Kindheit bis zum Greisenalter, auswendig wußte. Und ebenso eignete er sich die Kenntnis vom Aussehen der dem König nahestehenden Personen an. Die Uniformen der Zeit, die ihm aus dem Berliner Montierungsdepot zur Verfügung gestellt wurden, zog er lebenden Modellen an und studierte sie bis in

Abb. 10. Aus den Holzschnittbildern zur „Geschichte Friedrichs des Großen" (1839—1842): Tafelrunde Friedrichs des Großen zu Sanssouci. „Die Abendmahlzeit pflegte den Kreis der Vertrauten zum heitersten Genusse zu vereinen. Hier war alles Witz und Geist, und Voltaire und Friedrich standen einander als die Herrscher im Reiche des Geistes gegenüber." — Menzel hat in seinem dem Buche angehängten „Historischen Nachweis zur Verständigung einiger Illustrationen" zu diesem Bild die Erläuterung gegeben: „Abendtafel im Salon des Schlosses von Sanssouci. Derselbe an Ort und Stelle gezeichnet. Friedrich zur Linken sitzt Voltaire, dem sich Feldmarschall Keith und Marquis d'Argens anreihen. Dem letzteren gegenüber, auf der anderen Seite des Tisches, sitzt der Lord-Marschall Keith. Sämtlich nach gleichzeitigen Porträts.

Adolph Menzel.

Abb. 11. Aus den Holzschnittbildern zur „Geschichte Friedrichs des Großen" (1839—1842):
Hauptmann von Möllendorf bei Leuthen.
„Es ging auf einen versperrten Thorweg los. Man stieß und riß die Flügel auf; zehn Gewehre lagen im Anschlag;
der Anführer, an der Spitze eines mutigen Haufens, stürzte sich darunter."

Abb. 12. Aus den Holzschnittbildern zur „Geschichte Friedrichs des Großen" 1839—1842:
Die Gefangennahme des Generals Fouqué durch österreichische Dragoner bei Landshut.

Abb. 13. Aus den Holzschnittbildern zur „Geschichte Friedrichs des Großen" (1839—1842):
Friedrich der Große bei der Belagerung von Schweidnitz.
„Friedrich war endlich dieser erfolglosen Experimente überdrüssig. Er übernahm selbst die Leitung der Belagerungsarbeiten und brachte bald einen rascheren Gang der Dinge zuwege."

jede Einzelheit. Er zeichnete die Örtlichkeiten, die Möbel, die Kleider, jedes erhaltene Gebrauchsgerät, kurz alles, was einst zu Friedrich dem Großen in Beziehung gestanden

Abb. 14. Aus den Holzschnittbildern zur „Geschichte Friedrichs des Großen" (1839—1842):
Gefechtserwartung. „Alles drohte einen unerhörten Kampf (im Frühjahr 1774). Aber — es kam zu keiner einzigen großen Schlacht."

Abb. 15. Aus den Holzschnittbildern zur „Geschichte Friedrichs des Großen" (1839—1842):
Der alte Fritz, von den Generalen Pfuhl und Rohdich begleitet, auf der Terrasse vor
der Bildergalerie von Sanssouci.

hatte, von verschiedenen Seiten ab. Mit der gleichen Gewissenhaftigkeit verschaffte er sich die Kenntnis von den Gegnern des Preußenkönigs und ihren Truppen. Besonders in Dresden machte er im Jahre 1840 mehrere Wochen lang die eifrigsten Studien. Wohl niemals hat ein Künstler sich eine vergangene Zeit so ganz zum Eigentum gemacht.

Menzel führte die Zeichnungen mit dem Bleistift oder der Feder auf dem Holzstock aus. Die ersten Versuche in der Holzzeich-

Abb. 16. Aus den Holzschnittbildern zur „Geschichte Friedrichs des Großen" (1839—1842):
Der alte Fritz im Manöver.
„Noch im August 1785 hatte er, bei der schlesischen Revue, sechs Stunden lang in einem kalten und heftigen
Regen zu Pferde gesessen und alles Ungemach der Witterung ruhig ertragen."

nung hatte er im Jahre 1838 mit Illustrationen zu Chamissos „Peter Schlemihl," dann im folgenden Jahre mit einem Blatte: „Der Tod Franz von Sickingens" gemacht. Bei diesen hatte er die Schwierigkeit, die auch bei den ersten Zeichnungen zum Friedrichswerk noch bestand, zu überwinden, daß er auf ungrundierte Holzplatten zeichnen mußte. Danach wurde das in Paris längst gebräuchliche Verfahren, die Platten mit einer weißen entsprach, bis er zu jener glänzenden, sprechenden und wirkungsvollen Vortragsweise gelangte, die in ihrer Art ohnegleichen geblieben ist. Man sieht aber auch, wie die Formschneider sich immer mehr in des Zeichners Art und Weise hineingearbeitet haben. An die Holzschneidekunst, die ja ganz vor kurzem erst wieder zu neuem Leben erwacht war, waren in Deutschland auch nicht annähernd solche Ansprüche schon gestellt wor-

Abb. 17. Heimkehrende Husarenpatrouille.
Getuschte Federzeichnung von 1844. Im Besitz Ihrer Majestät der Kaiserin Friedrich.
(Photographieverlag von Gustav Schauer in Berlin.)

Grundierung zu überziehen, wodurch erst die Anwendung des Bleistifts ermöglicht und überhaupt die Arbeit des Zeichners erheblich erleichtert wurde, in Berlin bekannt. Eine größere Zeichnung auf dem in solcher vorteilhafteren Weise vorbereiteten Holzstock führte Menzel 1840 zur 400jährigen Feier der Erfindung der Buchdruckerkunst aus: „Gutenberg mit dem ersten Druckbogen der Bibel." — Beim Durchblättern des Friedrichsbuches sieht man deutlich, wie der Zeichner im Verlauf der Arbeit immer mehr in die Technik hineingekommen ist, die feinen Gedanken den, wie es die Menzelschen Zeichnungen thaten. Indem die Holzschneider, denen die Aufgabe zufiel, vor allen Ludwig Unzelmann, ein Schüler von Gubitz, und die Brüder Albert und Otto Vogel, im Verfolg der Arbeit dahin gelangten, daß sie den sicheren, lebendigen und charaktervollen Strichen Menzels in Kraft und Feinheit mit vollkommener Treue folgen konnten, haben sie Meisterwerke des Formschnitts zustande gebracht. Menzels Zeichnungen begnügten sich nicht mit Umrissen und allgemeinen Schattenangaben, sondern sie steigerten die

Abb. 18. Aus den Holzschnittbildern zu den Werken Friedrichs des Großen (1843—1849):
Begräbnis auf dem Schlachtfelde.
Gezeichnet zu Kapitel 14 der „Geschichte meiner Zeit." („Die Preußen hatten — nach der Schlacht bei Kesselsdorf —
an Toten 41 Offiziere und 1621 Soldaten.")

Lebendigkeit der Wirkung durch die kräftigste malerische Behandlung, die den Unterschieden der Farbentöne gerecht wurde und der Natur auch darin nachging, daß dasjenige, was sich dem Auge mit Deutlichkeit darbietet, scharf und klar, das unbestimmt und verschwommen Erscheinende aber mit dem Reiz des Ineinanderfließens wiedergegeben wurde. Niemand in Deutschland — fast könnte man sagen in Europa — malte damals so malerisch, wie Menzel zeichnete (Abb. 1, 2, 7—16). Die kunstgeschichtliche Bedeutung dieser Buchillustrationen ist so groß wie ihr künstlerischer Reiz, und daneben erfreuen den Beschauer auch die geistreichen Einfälle des Zeichners, die in den Anfangsbuchstaben und Vignetten und in manchen, im Text nur Angedeutetes weiterführenden Abbildungen sich äußern. Die handelnden Persönlichkeiten, vor allem Friedrich selbst, werden vor unseren Augen in sprechender Kennzeichnung lebendig, die Charaktere, wie die feinsten Regungen der augenblicklichen Empfindung kommen in Haltung und Mienen der Figuren, trotz des kleinen Maßstabes, in staunenswürdiger Weise zum Ausdruck. Wir sehen die pikante Wirkung, welche das Bewegen dunkelgekleideter Gestalten in den lichten Rokokoräumen hervorbringt, und wir empfinden den Reiz der verschiedenartigen Stimmungen im Freien, von sonniger Morgenfrische wie von stichdunkler Nacht, in der beim Schein einer einsamen Laterne erst nach und nach die Gestalten erkennbar werden, von dumpfer Gewitterschwüle wie von eintönigem endlosen Landregen oder von klarem Mondschein. Auch das flimmernde Kerzenlicht in Sälen mit spiegelnden Säulen wird uns anschaulich vorgeführt, sowie die festliche Lichtpracht von Illumination und von Fackelzug. Der Künstler weiß mit der gleichen Sicherheit uns auf das glatte Hof-

Abb. 19. Aus den Holzschnittbildern zu den Werken Friedrichs des Großen: Husarenvedette (gezeichnet 1844, Vignette zu dem die Geschichte des Friedens von Dresden enthaltenden „Appendix zur Geschichte meiner Zeit").

Abb. 20. Aus den Holzschnittbildern zu den Werken Friedrichs des Großen (1843—1849): Vignette zu dem die Schwierigkeiten der Weiterführung des Kriegs im Winter 1759 auf 1760 behandelnden 11. Kapitel der „Geschichte des siebenjährigen Kriegs."

parkett und auf blutgetränkte Schlachtfelder zu führen. Ja, die Soldatenbilder, die möchte man eigentlich als das Wunderbarste in dem ganzen Buch bezeichnen. Die straffe Zucht in der geschlossenen Truppe, die Erwartung des Kampfes, das todesmutige Hineinstürmen in das feindliche Feuer, verzweifelndes Ringen und heldenhaftes Ausharren, fröhlicher Reitermut und rasendes Ungestüm, Begeisterung und Niedergeschlagenheit — das alles ist mit einer Wahrheit geschildert, als ob der Zeichner seine Studien mitten unter einschlagenden Kugeln und blitzenden Klingen gemacht hätte. Da offenbart sich ein künstlerisches Vorstellungsvermögen, das an das Unbegreifliche grenzt. Und dabei hat alles den bestimmten Ton der Zeit; es ist nicht das Soldatenleben im allgemeinen, was uns da vorgeführt wird, sondern es tritt uns gerade der Geist der Helden Friedrichs des Großen mit einer Deutlichkeit, wie sie keine schriftliche Schilderung zu erreichen vermöchte, entgegen.

Als die Geschichte Friedrichs des Großen im Jahre 1842 fertig war, ging Menzel in einem Wissensdrange, der kaum seinesgleichen in der Künstlergeschichte findet, daran, die Lücken, die er in seiner Kenntnis von der Armee Friedrichs des Großen noch empfunden hatte, auszufüllen. Er begann das ungeheure Unternehmen, sich selbst ein durchaus genaues Bild von dieser Armee zu verschaffen, indem er für jede Truppengattung, jedes Regiment, jede Charge auf Grund nochmaliger eingehendster Studien, Zeichnungen und Messungen die Uniform, Ausrüstung u. s. w. bis in die letzten Einzelheiten und in die geringsten Unterschiede konnte. Auf Zureden von Freunden entschloß er sich, das Werk der Öffentlichkeit zu übergeben. Als dasselbe im Jahr 1857 abgeschlossen war — mit allen Nachträgen und Ergänzungen umfaßte es 453 Tafeln — erschien es unter dem Titel: „Die Armee Friedrichs des Großen" in kolorierten Lithographien, in nur 30 Exemplaren, deren

Abb. 21. Aus den Holzschnittbildern zu den Werken Friedrichs des Großen (1843—1849):
König Friedrich von Truppe zu Truppe eilend.
Zeichnung zu dem das Jahr 1757 behandelnden 6. Kapitel der „Geschichte des siebenjährigen Kriegs."

hinein erforschte, und das Ergebnis der Forschungen in lebendig aufgefaßten Charakterfiguren, bei denen alles dasjenige, was in der gewählten Ansicht nicht erkennbar war, in besonderen Nebenzeichnungen gegeben wurde, unter Hinzufügung von kurzen, deutlichen Erläuterungen in Worten, bildlich zur Anschauung zu bringen. Es ist begreiflich, daß eine solche Arbeit sich nicht hintereinander erledigen ließ, daß der Künstler vielmehr nur mit Unterbrechungen sich dieser wissenschaftlichen Aufgabe hingeben

Herstellungskosten der Kunsthändler Sachse übernommen hatte (Abb. 48 und 49).

An der Spitze der mannigfaltigen künstlerischen Schöpfungen, welche Menzel in den vierzehn Jahren, die zwischen dem Beginn und dem Abschluß des Armeewerks liegen, entstehen ließ, steht wieder ein umfangreiches Holzschnittwerk.

König Friedrich Wilhelm IV führte bald nach seiner Thronbesteigung den Plan, zu dem schon vorher Vorbereitungen getroffen waren, zur Ausführung, von den Schriften

Friedrichs des Großen eine neue kritische Ausgabe zu veranstalten. Von dieser Veröffentlichung sollte eine Prachtausgabe in größerem Format und mit der schmückenden Zuthat von Bildern für den persönlichen Gebrauch des Königs hergestellt werden. Für diesen Bilderschmuck war anfänglich die Ausführung in Radierung vorgesehen. Großen Königs gab dem Zeichner Gelegenheit, seine Erfindungsgabe an den verschiedenartigsten Stoffen zu bethätigen. Aus den Worten des dreißig starke Bände umfassenden Textes und öfter noch zwischen den Zeilen las er Vorstellungen aller Art heraus, die in seinem Kopfe zu Bildern wurden. Er selbst hat, bei einer später gegebenen

Abb. 22. Aus den Holzschnittbildern zu den Werken Friedrichs des Großen (1843—1849):
Der König am Wachtfeuer (im Lager von Bunzelwitz).
Zeichnung zum 14. Kapitel der "Geschichte des siebenjährigen Kriegs."

Aber das Erscheinen der Kugler-Menzelschen Geschichte Friedrichs des Großen bewog die maßgebenden Persönlichkeiten, sich zu Holzschnitten zu entschließen und der nach der gegenständlichen Seite hin ebenso berufenen, wie technisch bewährten Kraft Menzels die Aufgabe zu übertragen. Im Sommer 1843 wurde mit diesem die Abmachung getroffen, wonach er 200 Zeichnungen, ganz nach freier Wahl, zu den Werken Friedrichs des Großen anfertigen sollte. Die Mannigfaltigkeit des Inhalts der Schriften des Übersicht, die sämtlichen Abbildungen in fünf Gruppen eingeteilt: "Bildnisse," "Historisches und Militärisches," "Genre und Vermischtes," "Alter Geschichte Entnommenes, Allegorisches u. s. w.," "Burleskes." — Den ersten Abschnitt der Werke Friedrichs des Großen, "Brandenburgische Denkwürdigkeiten," begleitete Menzel mit erzählenden Geschichtsbildern, von denen er eines, das keinen thatsächlichen Vorgang, sondern eine sinnbildliche Handlung vorführt, in die Gestalt eines Erzreliefs im Stil der betreffenden

Zeit kleidete. Zu dem Aufsatz „Über das Militär seit seiner Einführung bis zum Ende der Regierung Friedrich Wilhelms" gab er ein Bildchen, welches Friedrich als Kronprinzen zeigt, wie er an der Seite seines Vaters, dem die preußische Armee die Grundlage ihrer straffen Disciplin verdankte, einer Parade beiwohnt, und die nächstfolgenden Einzelberung eines Begräbnisses, auch von den großen Verlusten erzählen, mischen sich ebenso prächtige Bildnisdarstellungen, in denen die Persönlichkeiten mit großer Schärfe in denjenigen Charaktereigentümlichkeiten aufgefaßt sind, welche gerade hier ihre Bedeutung haben. Beim 1. Kapitel der „Geschichte des siebenjährigen Kriegs" erscheint ein Ku-

Abb. 23. Aus den Holzschnittbildern zu den Werken Friedrichs des Großen (1843—1849):
Preußische Infanterie eine Verschanzung stürmend.
(Zeichnung zu Kapitel 16 — Feldzug von 1762 — der „Geschichte des siebenjährigen Kriegs.")

aufsätze begleitete er mit geistreichen Vignetten sinnbildlichen Inhalts. Reichsten Stoff boten dann die großen Abhandlungen des Königs „Geschichte meiner Zeit" und „Geschichte des siebenjährigen Kriegs" (Abb. 18—24). Den Anfang macht hier eine Darstellung Friedrichs II, dem die Geister seiner Ahnen erscheinen. Darauf tritt der Kriegsgott mit Fackel und Sense aus den geöffneten Pforten des Janustempels. Zwischen prächtige Bilder aus dem Kriegsleben, die von Mühen, Kampf und Sieg und, in der ergreifenden Schil-

rier, der in gestrecktem Galopp zwischen den in sonniger Ruhe daliegenden Getreidefeldern einhersprengt; und beim Schlußkapitel kommen unter den Trümmern einer zerstörten Stadt die überlebenden Bewohner scheu aus ihren Verstecken hervor. Einmal erscheint ein Kriegsbild in allegorischer Einkleidung: ein preußischer Grenadier wird unter dem Schleier der Nacht von der Schutzgöttin an den schlafenden Feinden vorbeigeführt (auf den glücklichen Abmarsch der Armee aus dem Lager bei Liegnitz bezüglich). Rein allegorisch ist

die geheuchelte Friedensliebe der Preußen
feindlich gesinnten Mächte vor Ausbruch des
siebenjährigen Kriegs durch eine geflügelte
Kriegsgöttin versinnlicht, welche ihr wahres
Gesicht hinter einer lächelnden Maske verbirgt und an ihrem Stabe scheinbar das
weiße Banner trägt, das aber in Wahrheit
nur von einer um den Stab geringelten
Schlange an dünnem Faden gehalten wird.
Dazu kommen dann jene Menzel eigentümlichen kleinen, in kurzer Form viel sagenden

Weiterführung des Krieges im Beginn des
Jahres 1760 hin. Die weiterhin folgenden
geschichtlichen Aufsätze des Königs über die
Zeit nach dem siebenjährigen Krieg werden
begleitet von einem als Marmorbüste gezeichneten Bildnis der Kaiserin Katharina II
von Rußland, einer Darstellung der Wieder-
aufnahme friedlicher Arbeiten im Lande,
einem Kriegerdenkmal, einer sprechenden
Vignette, welche ein unter stachelbesetztem
Schilde über dem in der Scheide ruhenden

Abb. 24. Aus den Holzschnittbildern zu den Werken Friedrichs des Großen:
Schlußstück zur „Geschichte des siebenjährigen Kriegs" (gezeichnet 1844).

Vignetten: wo das Ende des ersten schlesischen Kriegs erzählt ist, wischt eine nervige
Faust mit einem Lorbeerbüschel das Blut
vom Schwerte; der Bündnisvertrag zwischen
der Kaiserin Maria Theresia und dem König
von Frankreich wird durch Raubvogelfänge
gekennzeichnet, die sich von allen Seiten in
den Reichsapfel einkrallen, über dem der
preußische Adler wachsam und kampfbereit
schwebt; eine verwundete Hand, die sich anschickt, wieder in den eisernen Handschuh zu
fahren, um das Schwert, dessen Griff die
Spuren des Gebrauchs zeigt, von neuem zu
ergreifen, deutet auf die Schwierigkeiten der

Schwerte liegendes Fernrohr zeigt, und einem
Bildnis Kaiser Josephs II, der das Schwert
in die Scheide steckt. Bei den Briefen des
Königs an die Kaiserin Maria Theresia
sehen wir die Adler Preußens und Öster-
reichs, jeden auf seinem besonderen Felsen,
mit sprechendem Ausdruck einander gegen-
übersitzen, und die Vignette zu dem diesem
Briefwechsel angehängten Vorschlag zur Bildung einer Liga zwischen den Fürsten Deutschlands zeigt viele Scepter unter einem Schilde,
der mit einem kräftigen Sinnbild der Ver-
einigung zu gemeinschaftlicher Abwehr geschmückt ist. Mit unerschöpflicher Mannig-

faltigkeit erfundene Vignetten, zum Teil im zierlichsten Rokokogeschmack gehalten, schmücken die Lobreden des Königs auf einzelne Persönlichkeiten. Eine Fülle sprühenden Geistes lebt in den Einfällen, zu denen Menzel sich durch die folgenden verschiedenartigen kleinen Aufsätze des Königs hat anregen lassen. Besonders bemerkenswert sind darunter einzelne Bildchen, in denen der Künstler es sich nicht hat versagen können, seine eigene Auffassung neben derjenigen des Königs geltend zu machen. So zeichnet er zum „Antimacchiavell" ein an den Schandpfahl genageltes Bildnis des Macchiavelli; die Unterschrift Friedrichs mit der Jahreszahl 1740 bekundet, daß der König es ist, der den berühmten Florentiner verurteilt hat; aber Menzel hat im Sinne einer zu anderem Urteil gelangten Zeit das Bild oben mit Kranz und Lorbeerzweig geschmückt und dazu die Jahreszahl 1840 geschrieben. Bei dem „Vorwort zur Henriade des Herrn Voltaire" läßt der Zeichner den Geist Heinrichs IV dem Dichter erscheinen; aber ihm erscheint dieser in der Dichtung lebende Geist nicht als ein Held, sondern als eine schwülstig auftretende Theaterfigur. Ganz selbständig tritt der Zeichner dem königlichen Schriftsteller gegenüber, indem er zu dem „Essay über die Eigenliebe als moralischer Beweggrund aufgefaßt" einen Mann zeichnet, der ohne jeden Beweggrund von Eigenliebe sich anschickt, in ein breites Wasser zu springen, um ein ertrinkendes Kind zu retten. In der Vignette zu einem „Brief über die Erziehung," in welchem der König über die einreißende Verweichlichung bei den Söhnen der alten Adelsfamilien klagt, zeigt Menzel, der Zeit Friedrichs vorauseilend, die Jahres-

Abb. 25. Bleiftiftstudie (von 1844) zu einer Zeichnung des Friedrichwerks. Im Besitz des Verfassers.

zahl 1806 in Flammenschrift aus einer dunklen Wolke der entsetzten Germania entgegenblitzen. Weiterhin geben die Oden, Episteln und sonstigen Gedichte des Königs dem Zeichner Anregungen, um seine Phantasie auf allen erdenklichen Gebieten umherschweifen zu lassen (Abb. 26—28). In geistreichem Spiel umflattern des Künstlers Gedanken diejenigen des königlichen Dichters. Hier mischen sich auch Bildchen von überwiegend landschaftlichem Charakter ein und reine Genrebilder, wie die gemütvolle Darstellung eines bei einem stattlichen Bau beschäftigten Arbeiters, der mit den Seinigen das Mittagessen einnimmt, — ein Idyll,

Abb. 26. Aus den Holzschnittbildern zu den Werken Friedrichs des
Großen (1843—1849):
Zeichnung zur „Epistel an meine Schwester von Bayreuth.
Über die Anwendung des Vermögens."
(Anknüpfend an die Worte des Gedichts: „Unser großes Gebäude ist
die Gesellschaft; ein jeder Bürger trägt zu dessen Nützlichkeit bei.")

das aus den Worten des betreffenden Gedichts: „Unser großes Gebäude ist die Gesellschaft, ein jeder Bürger trägt zu dessen Nützlichkeit bei" herausgewachsen ist. Mit großer Feinheit erklärt Menzel sein Nichteinverstandensein mit den Anschauungen des Königs in dem Bildchen zu einer Epistel, welche die Dichtkunst Voltaires über diejenige Homers erhebt, durch die entzückend gezeichnete Darstellung eines Rokokokavaliers, der an dem prachtvollen Torso einer Phidiasschen Göttergestalt achselzuckend vorübergeht, um sich der Betrachtung eines Bildwerkes seiner Zeit, einer im schwulstigsten und verschrobensten Zopfstil sich krümmenden Kleopatra, zuzuwenden. In den Vignetten zu den komischen Dichtungen Friedrichs prickelt die witzigste Laune. Der breiteste Platz wird dem Humor gegönnt in einer Reihe von Illustrationen zu dem satirischen Heldengedicht „Das Palladium." Diese mutwilligen Karikaturen sind so gezeichnet, als ob sie abgegriffene Kupferstiche des vorigen Jahrhunderts wären. Dar-

Abb. 27. Aus den Holzschnittbildern zu den Werken Friedrichs des Großen (1843—1849):
Zeichnung zur „Epistel an de la Motte Fouqué" (einen Vergleich zwischen der französischen Kunst der Zeit
und derjenigen des griechischen Altertums enthaltend).

auf folgt gleich eine ganz großartige ernste Darstellung: bei der Ode, welche der König am 6. Oktober 1757 im Quartier zu Eckartsberg an seinen Bruder Heinrich dichtete, ist Friedrich selbst abgebildet, wie er in jener Nacht seine Empfindungen in Verse kleidet; in begeisterter Erregung mit der Schreibfeder in der Hand am Tische sitzend, blitzt dann wieder groteske Komik, mit liebenswürdiger Heiterkeit abwechselnd. In den Vignetten zu den auf die Gedichte folgenden in Briefform gekleideten Äußerungen des Königs, die großenteils satirischen Inhalts sind, herrscht ein scharfer Witz vor. Hervorragend ist hier das Bildnis der Marquise Pompadour, deren Gesichtsausdruck be-

Abb. 28. Aus den Holzschnittbildern zu den Werken Friedrichs des Großen: Zeichnung zu der „Ode an meinen Bruder Heinrich" (gedichtet im Quartier zu Eckartsberg am 6. Oktober 1757), von 1848.

wird er hinter den Scheiben des kleinen Bauernhausfensters sichtbar, und draußen steht im Dunkeln der Posten, der regungslos und mit leisem Schauer zuhört, wie dicht hinter seinem Rücken sein König unverständliche, abgerissene Worte vor sich hinspricht. In vielen der zunächst folgenden Dichtungen herrscht ein ernster, bisweilen geradezu düsterer Ton, dem der Zeichner durch die mannigfaltigsten sinnreichen Kompositionen gerecht wird. Dazwischen hinein stätigt, was das ausgelassene Zierwerk des Rokokorahmens, der das als Gemälde gedachte Bildnis umgibt, andeutet (Abb. 29). Die Korrespondenz Friedrichs des Großen ist zum großen Teil nur durch die lebensvollen Bildnisse der Personen, mit denen er im brieflichen Verkehr stand, illustriert (Abb. 30). Aber auch manches andere, Ernstes und Scherzhaftes, je nach dem Ton des Briefwechsels, ist eingeflochten. Mehrfach kommen hier ausdrucksvolle mythologische Darstellungen vor.

Abb. 29. Aus den Holzschnittbildern zu den Werken Friedrichs des Großen (1843—1849):
Die Marquise von Pompadour.
Zeichnung zu der Satire „Brief der Marquise von Pompadour an die Königin von Ungarn."

So ist der Briefwechsel des Königs mit seinem Bruder Prinz Heinrich durch eine Zeichnung geziert, welche auf die gemeinsame Heldenarbeit der Brüder im Ringen gegen die stets ihre Kräfte erneuernden Feinde hinweist durch das Bild des Hercules, den Jolaus im Kampf gegen die lernäische Hydra durch das Verbrennen der nachwachsenden Köpfe unterstützt (Abb. 31). Und bei dem Briefwechsel Friedrichs mit seiner Schwester Charlotte, Herzogin von Braunschweig, sehen wir als Illustration zu einem am 10. August 1786 geschriebenen Briefe des Königs, worin derselbe den Gedanken, daß der Arzt ihm nicht mehr helfen könne, ausspricht, den vergeblichen Kampf der ärztlichen Kunst gegen den Tod in mythologischer Einkleidung verbildlicht: Aesculapius, den der seiner Hand entfallene Schlangenstab kennzeichnet, ringt mit der Parze Atropos, um ihr die Schere, die den Lebensfaden abschneiden soll, zu entreißen; aber die Parze läßt nicht los; von dem Stuhle, wo sie neben ihren Schwestern saß, herabgezerrt und über den Boden geschleift durch die Anstrengungen des Gottes der Heilkunde, behält sie doch die Schere in ihrer Hand (Abb. 32). — Den litterarischen Arbeiten Friedrichs des Großen sind in der Ausgabe seiner Werke auch die von ihm verfaßten militärischen Ratschläge und Instruktionen eingereiht. In den Bildern zu diesen Schriftstücken hat Menzel neben sinnvollen Gleichnisvignetten — wie deren eine von besonderer Macht der Wirkung das aus einem Geschützrohr mit Ungestüm hervorbrechende Todesgerippe ist (bei der Instruktion für die Artillerie) — wieder realistische militärische Darstellungen angebracht, die im Gegensatz zu den geistreichen Umriß-

Abb. 30. Aus den Holzschnittbildern zu den Werken Friedrichs des
Großen (1813—1849):
Der Philosoph Jean Jacques Rousseau, „der Feind der Könige."
(Gezeichnet zu dessen in den Jahren 1762 und 1766 an Friedrich
den Großen gerichteten Briefen.

linien, mit welchen er mythologische und idealistische Gegenstände zu zeichnen wußte, stets in prächtiger farbiger Wirkung erscheinen (Abb. 33—36). Da sehen wir bei einer Schrift „Die Generalprincipia des Krieges" den König selbst dargestellt, wie er eben diese Schrift seinen Generalen unter Abnahme des Versprechens der Geheimhaltung überreicht. Wir sehen durch die auf dem Schlachtfeld in Massen hingestreckten Toten und Verwundeten den Erfolg der Anordnungen angedeutet, welche der König kurz vor der Schlacht bei Zorndorf für seine Artillerieobersten aufschrieb. Als Genrebilder aus dem Kriegsleben, welche als freie Dichtung des Künstlers die Instruktionen begleiten, finden wir einen neben seinem angeschossenen Pferde verwundet auf dem Boden sitzenden Husaren, die lustige Verscheuchung eines Zeichners, der von einer Anhöhe aus eine Aufnahme des Lagers machen wollte, durch die streifende Husarenpatrouille, das Umdrängen des Brunnens am heißen Marschtage, den Husaren, der sein Pferd abgesattelt hat, den Grenadier, der marschmüde seine Mütze an den Haken hängt in einer Bauernstube, wo die Anwesenheit eines neben dem Spinnrad auf dem Boden sitzenden Säuglings auf das Vertrauen guten Einvernehmens zwischen Quartierwirt und Einquartiertem hinweist, — lauter prächtige Schilderungen. Ein Meisterwerk allerersten Ranges ist eine Gruppe von Offizieren, die sich durch einen von höchster Stelle ausgesprochenen und durch den verwundeten Kommandeur ihnen übermittelten Tadel getroffen fühlen; ein Blatt von wunderbar vollendetem Reiz der farbigen Wirkung die Darstellung zweier Offiziere, die sich in ihren freien Stunden mit kriegsgeschichtlichen Studien beschäftigen, bei deren einem aber die körperliche Ermüdung über den Wissensdrang den Sieg davongetragen hat. — Nicht unerwähnt dürfen die Tierbilder bleiben, die öfter unter den Vignetten vorkommen. Bald dienen diese Tiere in ihrem natürlichen Treiben zu Gleichnisdarstellungen, bald treten sie in sinnbildlicher Handlung auf, wie der Löwe, der einen Elefanten umkreist — die kleine, aber bewegliche Macht Preußens, welche den österreichischen Koloß in Schach hält —; in anderen Fällen sind es die lebendig gedachten Wappentiere der Staaten, welche diese letzteren selbst verkörpern. Die eindrucksvollste Vignette dieser Art ist wohl der zu einem Briefe König Friedrichs an den Fürstbischof von Breslau gezeichnete königliche Adler, der mit ausgebreiteten Schwingen und vorgestrecktem Kopfe, mit einem Blick, welcher unmittelbar an die Augen Friedrichs des Großen erinnert, einen Altar bewacht; in der einen, sprochen in einer allerliebsten Titelvignette zu der Sonderausgabe der Abbildungen ohne den Text, welche der Verlagsbuchhändler Wagner in Berlin im Jahre 1882 veranstaltete, um diesen Schatz deutscher Kunst über den engen Kreis derjenigen hinaus, welche die illustrierte Prachtausgabe der Oeuvres de Frédéric le Grand zu Gesicht bekamen, be-

Abb. 31. Aus den Holzschnittbildern zu den Werken Friedrichs des Großen (1843—1849):
Hercules und Jolaus im Kampf gegen die lernäische Hydra.
Zeichnung zu dem „Briefwechsel Friedrichs mit seinem Bruder, dem Prinzen Heinrich."

auf den Altar gelegten Klaue hält er das aufgerichtete Scepter, und die Gerechtigkeitshand auf der Spitze des Scepters bewegt drohend den Zeigefinger.

Gegen Weihnachten 1849 waren die 200 Zeichnungen zu den Werken Friedrichs des Großen fertig und in Holz geschnitten. Was Menzel beim Gestalten dieser herrlichen Erzeugnisse seiner großartigen dichterischen Phantasie als eine Beengung empfand, war die vorgeschriebene Kleinheit des Formates. In humoristischer Weise hat er dieses ausgekannt zu machen. Diese Titelvignette zeigt in einem graziös mutwillig gestalteten Rokokorahmen einen kleinen Genius, den ein Zirkel auf den Boden von „XII centimètres maximum" eingesperrt hält; mit mitleidlosem Lächeln steht der Zirkel da, unbekümmert um das kindliche Grollen des gegen die Einklemmung sich sträubenden Genius und um dessen zerdrückte Flügelein.

Die Schnittausführung wurde durch die an Menzels Zeichnungen zur Geschichte Friedrichs des Großen geschulten Hände von Otto

Abb. 32. Aus den Holzschnittbildern zu den Werken Friedrichs des Großen (1843—1849):
Äskulap versucht vergebens, der Parze Atropos die Schere zu entwinden.
Zeichnung zu dem Briefwechsel Friedrichs mit seiner Schwester Charlotte, Herzogin von Braunschweig. (Anknüpfend an die Worte eines von Friedrich dem Großen in seinem Todesjahre geschriebenen Briefes: „Die Wahrheit ist, daß er — der Arzt — mir nichts genützt hat; die alten müssen den jungen Menschen Platz machen.")

Abb. 33. Aus den Holzschnittbildern zu den Werken Friedrichs des Großen (1843—1849):
Gruppe von Offizieren, denen durch ihren Kommandeur ein von hoher Stelle ausgegangener Tadel vorgehalten wird.
Gezeichnet zu den „Regeln über das, was von einem guten Bataillonsführer in Kriegszeiten zu verlangen ist."

Vogel, Albert Vogel und Unzelmann und durch Hermann Müller, einen Schüler des letzteren, bewirkt. Es läßt sich zum Preise der Geschicklichkeit dieser trefflichen Meister nichts Besseres sagen, als das von Menzel selbst ausgesprochene Wort, daß sie im Gehorsam gegen den Strich seiner Zeichnung das Höchste geleistet haben.

„Radierversuche von Adolph Menzel" bei Sachse.

Das Jahr 1846 brachte wieder ein Ölbild, betitelt „Die Störung," — zwei junge Damen, die durch einen Besuch aus ihrem Musizieren aufgeschreckt werden; ferner eine Landschaft: „Einblick in den Garten des Prinzen Albrecht von Preußen in Berlin,"

Abb. 84. Aus den Holzschnittbildern zu den Werken Friedrichs des Großen (1843—1849): Friedrich der Große übergibt seinen Generälen seine Schrift „Die Generalprincipia des Krieges, angewendet auf die Taktik und die Disciplin der preußischen Truppen" (Zeichnung zu eben dieser Schrift).

Von Unzelmann, der auch die allerersten Arbeiten Menzels auf dem Holzstock im Schnitt ausgeführt hatte, wurde 1850 die größte Holzzeichnung Menzels, ein Bildnis Shakespeares, mit vollendeter Meisterschaft geschnitten.

In das Jahr, in welchem Menzel die Reihe der Holzzeichnungen zu den Werken Friedrichs des Großen begann, fallen seine ersten Arbeiten mit der Radiernadel. 1844 erschien ein aus sieben, der Mehrzahl nach landschaftlichen Blättern bestehendes Heft

größtenteils unmittelbar nach der Natur, von einem Balkon der damaligen Wohnung Menzels gemalt. 1847 entstanden die Farbenskizzen zu zwei Gemälden, deren Ausführung im großen unterblieb, weil die Zeichnungen zum Friedrichswerk die Zeit wegnahmen. Die eine der beiden Skizzen, ein Meisterwerk treuer Naturwiedergabe im ganzen und schlagender Charakteristik in jeder einzelnen Figur, schildert eine Predigt in der Klosterkirche zu Berlin. Die andere, die einer vom Kunstverein zu Kassel gegebenen Anregung zufolge gemalt wurde und die weit über das sonst bei Skizzen übliche Maß hinaus ausgeführt ist, behandelt einen geschichtlichen Stoff: wie König Gustav Adolf seine Gemahlin, die ihm nach Deutschland gefolgt ist, am Portal des Schlosses zu Hanau begrüßt (im Januar 1632). Während im allgemeinen in der Historienmalerei jener Zeit die theatralische Phrase herrschte, ist in einer Zeichnung von lebensgroßem Maßstab ausarbeitete. Es handelte sich um eine bildliche Verherrlichung des Ereignisses, durch welches vor 600 Jahren Hessen zum selbständigen Fürstentum geworden war; das war der Einzug der Herzogin Sophia von Brabant, Tochter der heiligen Elisabeth, und ihres Söhnchens Heinrich, des nachmaligen ersten Landgrafen von Hessen, in Marburg.

Abb. 35. Aus den Holzschnittbildern zu den Werken Friedrichs des Großen (1843—1849): Soldaten am Brunnen (Zeichnung zu der Schrift „Über die Märsche von Armeen und das, was in Bezug auf sie beachtet werden muß").

diesem Menzelschen Geschichtsbild von solcher uns heute so unangenehm berührenden Eigenheit des Zeitgeschmackes nicht der leiseste Hauch zu spüren. Dieselbe Unabhängigkeit von der allgemeinen Richtung und dasselbe ehrliche Bestreben, ein Begebnis aus entfernter Vergangenheit so zu schildern, daß Vorgang und Persönlichkeiten in glaubhafter Natürlichkeit uns vor Augen treten, zeichnen eine umfangreiche Komposition aus, welche Menzel in dem nämlichen Jahre 1847, wiederum im Auftrage des Kasseler Kunstvereins,

Menzel zeichnete diesen Karton in Kassel, bei seinem Freunde, dem Tapetenfabrikanten Arnold. Es bedarf kaum der Erwähnung, daß er die Besonderheiten des hessischen Volksschlages und die Örtlichkeit mit der ihm eigenen Gewissenhaftigkeit studierte (Abb. 37). Der sechs Meter breite und über drei Meter hohe Karton wurde in der ständischen Landesbibliothek zu Kassel aufbewahrt und wenig beachtet. Als Menzel ihn im Jahre 1866 dort wiedersah, kaufte er ihn zurück.

Während der Bearbeitung jener Geschichtsstoffe empfand Menzel, seiner Zeit weit vorauseilend, daß die Kunst ihre besten Stoffe nicht in der Vergangenheit, sondern in der eigenen Zeit zu suchen habe. Als er mit dem Vorstand des Kunstvereins zu Kassel sich darüber einigte, daß die große Ausführung des Gustav-Adolfbildes unterbleiben solle, schrieb er in einem an denselben gerichteten Brief vom 12. April 1848: nach zu würdigen, muß man sich vor Augen halten, in welchem Maße in jener Zeit, die nur in der Kunst der Vergangenheit nach Vorbildern suchte, eine förmliche Flucht aus der Gegenwart für das allgemeine Wesen der Kunst bestimmend war.

Allerdings fand Menzel noch nicht gleich in der unmittelbaren Gegenwart die Stoffe zu großen Darstellungen; aber in einem

Abb. 36. Aus den Holzschnittbildern zu den Werken Friedrichs des Großen (1843—1849):
Junge Offiziere beim Studium kriegswissenschaftlicher Werke.
(Zeichnung zur „Instruktion für die Inspecteurs der Infanterie" von 1781.)

„Jetzt, wo unsere Gegenwart endlich selbst einen Inhalt hat und noch mehr bekommt, würde mir ein Stoff, der voraussichtlich eine solche Kunstanstrengung erforderte, ohne ein dieser entsprechendes auch für uns noch bezügliches inneres Gegengewicht zu besitzen, eine Last sein. Jetzt erst können wir in Deutschland wieder zu unserer Zeit und zur Kunst der Vergangenheit in eine gerade Stellung gelangen. Diese Forderung an sich muß jetzt jeder Einzelne fühlen." — Um diese Künstlerworte ihrem vollen Werte Abschnitt der preußischen Geschichte, der noch nicht weit zurücklag und der durch starke innere Fäden mit der Gegenwart verknüpft war. Er wendete sich jetzt der Schilderung des ihm so innig vertrauten Zeitalters Friedrichs des Großen in Gemälden zu. Den Anfang dieser Bilderreihe machte im Jahre 1849 ein Genrebild aus dem Leben des Großen Königs: „Die Bittschrift." Ein bäuerliches Ehepaar hat unter einem Baume am Wege Aufstellung genommen und sieht mit klopfenden Herzen dem Augen-

[Abb. 37. Einzug der Herzogin Sophia von Brabant und ihres Söhnchens Heinrich, des ersten Landgrafen von Hessen, in Marburg. Mit Kohle und Kreide in lebensgroßem Maßstab gezeichneter Karton (1847—1848). Früher Eigentum des Kunstvereins zu Kassel, jetzt wieder im Besitz des Künstlers. (Photographieverlag von Gustav Schauer in Berlin.)

Abb. 38. Die Tafelrunde Friedrichs des Großen in Sanssouci.
Ölgemälde von 1850. In der Nationalgalerie zu Berlin.
(Photographieverlag von Gustav Schauer in Berlin.)

blick entgegen, wo der heranreitende König, dessen Adlerauge sie schon gefaßt hat, vor ihnen halten wird; dem Mann scheint jetzt plötzlich der Mut zu schwinden, aber die Frau redet ihm mit raschen Worten herzhaft zu. — Darauf folgte das prächtige, jetzt in der Berliner Nationalgalerie befindliche, in größerem Maßstabe (beinahe halblebensgroß) ausgeführte Gemälde: „Friedrichs des Großen Tafelrunde zu Sanssouci 1750," das im Jahre 1850 zur Ausstellung kam (Abb. 38). Wir blicken in den ovalen Speisesaal des Schlosses, wo an der länglichrunden Tafel eine auserlesene Gesellschaft um den König versammelt ist. Zur Rechten Friedrichs sitzt General von Stille, neben diesem Voltaire, darauf Lord Marishal und dann ein nicht kenntlich gemachter, vom Rücken

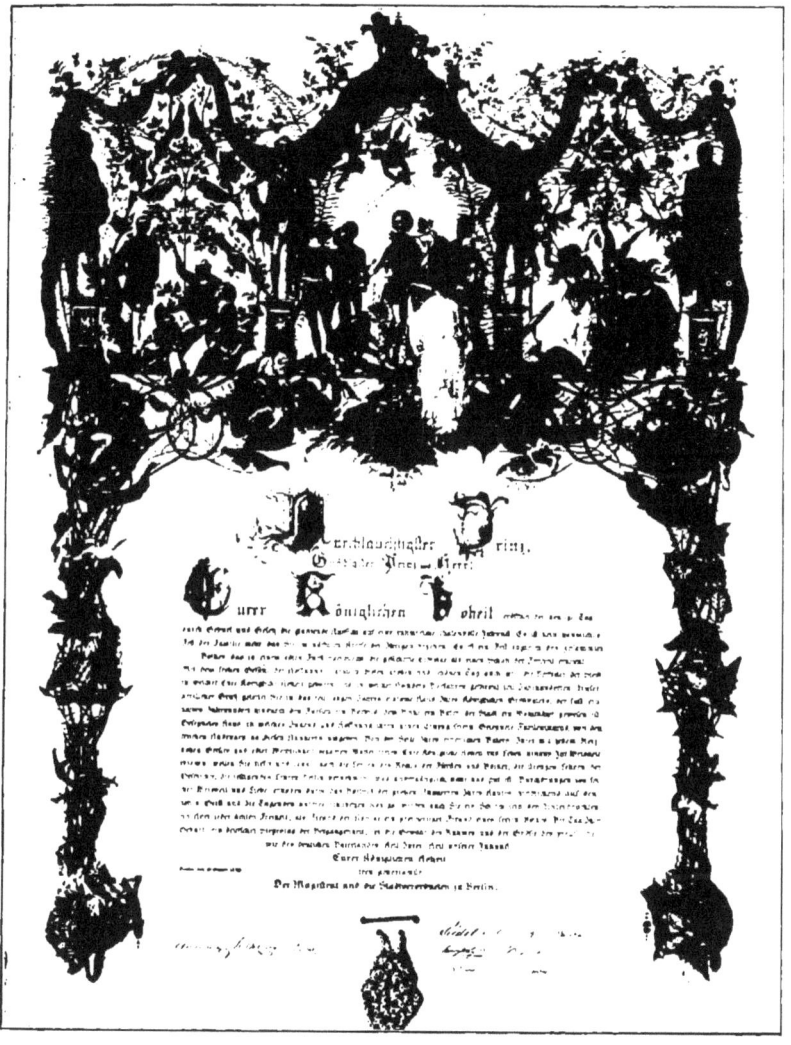

Abb. 39. Glückwunschadresse des Magistrats von Berlin an den Kronprinzen Friedrich
Wilhelm zu dessen Großjährigkeit.
Wasserfarbenmalerei von 1850. Im Besitz Ihrer Majestät der Kaiserin Friedrich.
(Photographieverlag von Gustav Schauer in Berlin.)

gesehener Herr; links neben dem König sitzt Feldmarschall Keith, dann Graf Algarotti, darauf General Graf Rothenburg, weiter Herr de la Mettrie und am unteren Ende des Tisches der Marquis d'Argens. Das Mittagsmahl ist beendet, die Flügelthür zur Terrasse ist geöffnet, und gleich wird man ins Freie treten. Aber noch perlt der schäumende Wein in den Gläsern und noch fließt heiter und geistreich die Unterhaltung: Friedrich

Abb. 40. Friedrich der Große.
Holzzeichnung von 1850 aus dem Bilderwerk „Aus König Friedrichs Zeit."
(Eigentum und Verlag von R. Wagner in Berlin.)

selbst befindet sich in lebhaftem Wortgefecht mit Voltaire, der eben durch eine witzige Antwort die Aufmerksamkeit auf sich lenkt. Das alles lebt vor unseren Augen, als ob es nach der Natur gemalt wäre.

Während Menzel weitere Bilder aus dem Leben des Großen Königs vorbereitete, war er mit mancherlei anderen Arbeiten beschäftigt. Der Meister der Charakterdarstellung, welcher Personen, die er nur aus Bildern und aus Schilderungen des vorigen Jahrhunderts kannte, körperlich lebendig zu machen wußte, malte prächtige Bildnisse seiner Bekannten in Wasserfarbe. Sich selbst hat er im Jahre 1850 abgebildet in einer merkwürdigen Lithographie, welche einen „Kunstsammler" darstellt, wie er ein aus dem alten Schrank, welcher seine Schätze beherbergt, herausgenommenes kleines Kunstwerk, ein Teufelchen, aufmerksam betrachtet. Diese Lithographie schließt sich ihrer Herstellungsart nach einer Anzahl von Blättern an, in

Abb. 41. Ziethen, Holzzeichnung von 1850.
Aus dem Bilderwerk „Aus König Friedrichs Zeit." (Eigentum und Verlag von R. Wagner in Berlin.)

denen er ein eigenartiges Verfahren erprobte, dessen erste Früchte er 1851 unter dem Titel „Versuche auf Stein mit Pinsel und Schabeisen" herausgab. Bei diesem Verfahren wird der lithographische Stein mit der chemischen Tusche überzogen und die Helligkeiten aus dem schwarzen Grunde herausgeschabt, in das Helle dann wieder die einzelnen kleinen Dunkelheiten mit dem Pinsel hineingesetzt.

Menzel erreichte hierin die außerordentlichsten Erfolge malerischen Reizes. Auf dem Titelblatt zu der Sammlung verschiedenartiger Kompositionen, die er in dieser Weise ausführte, hat er Pinsel und Schabmesser dargestellt, die auf dem Lithographiersteine einen lustigen Tanz aufführen: man sieht wie diese Art des Arbeitens ihm Freude gemacht hat. In derselben Technik hielt er ein Bild fest, das er im Jahre 1851 zu einem flüchtigen Zwecke, als Transparent bei der Weihnachtsausstellung des Berliner los-idealistischen Auffassung neutestamentlicher Bilder, aber auch im Widerspruch gegen die Franzosen, welche durch die Äußerlichkeit

Abb. 42. Der zwölfjährige Jesus im Tempel. Lithographie, mit Pinsel und Schaberen ausgeführt 1852. (Eigentum und Verlag von R. Wagner in Berlin.)

Künstler-Unterstützungs-Vereins, schuf, und das den zwölfjährigen Jesus im Tempel vorstellte. In dieser Komposition hat Menzel im Gegensatz zu der herrschenden charaktermodernen morgenländischen Kostüms derartigen Bildern eine größere geschichtliche Treue und dadurch mehr Lebenswahrheit geben zu können glaubten, den Versuch ge-

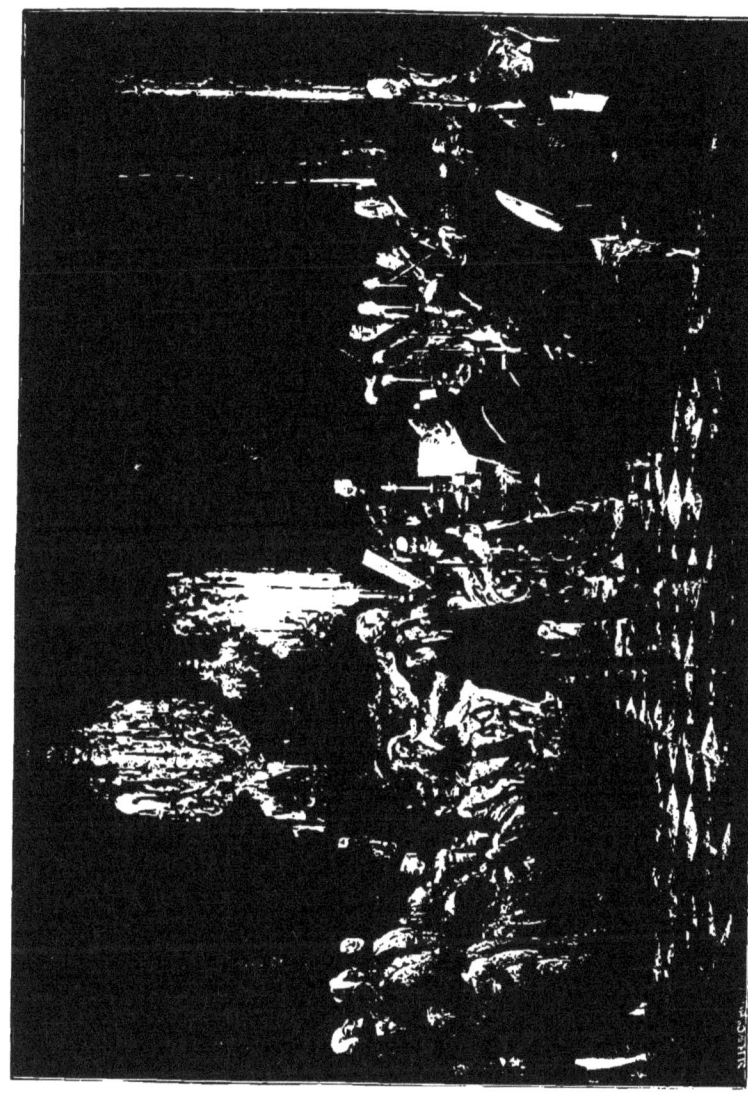

Abb. 41. Menzel: Friedrichs des Großen in Sanssouci. Ölgemälde von 1852. In der Nationalgalerie in Berlin.
(Mit Genehmigung der Photographischen Gesellschaft in Berlin.)

Viertes Husaren-Regiment. — **Regiment Grenadiers zu Pferde.**
Offizier. (1740 drittes Dragoner-Regiment, welches 1741 in das
3. und 4. Dragoner-Regiment geteilt wurde.)

Abb. 44. Aus den Holzschnittbildern zu Lange, Heerschau der Soldaten Friedrichs des Großen (1812—1852).

macht, eine größere innere geschichtliche Wahrheit durch Eingehen in die Rasseneigentümlichkeiten des jüdischen Volkes zu erreichen. Dagegen läßt sich nun freilich von verschiedenen Standpunkten aus sehr vieles einwenden. Wenn man aber von der Auffassungsfrage absieht und die Menzelsche Komposition so nimmt, wie sie nun einmal gegeben ist, so muß man in jeder einzelnen dieser verschiedenartigen hebräischen Personen ein Meisterwerk der Charaktermalerei anstaunen (Abb. 42).

zierlichsten mittelalterlichen Miniaturen wetteifert, bildet am Kopf der Adresse die buntbewegte Einfassung von Figurengruppen und senkt sich an den Seiten in reichen Gehängen herab. Die Figurengruppen zeigen in der Mitte die huldigende Berolina vor dem Kronprinzen, der sich von seinen Kindheitsgespielen verabschiedet, während er mit den Rittersporen und dem Fürstenmantel geschmückt

Abb. 45. Mummenschanz unter Kurfürst Johann Georg von Brandenburg.
Aus den Aquarellbildern des Festalbums für die Kaiserin von Rußland (1851).
Im Museum des Gotischen Hauses zu Zarskoje-Selo.
(Photographie von Gustav Schauer in Berlin.)

Ein herrliches ornamentales Blatt, in Aquarellmalerei kostbar ausgeführt, schuf Menzel im Jahre 1850 in der Adresse an den Kronprinzen Friedrich Wilhelm, welche diesem als Glückwunsch zu seiner Großjährigkeit von dem Magistrat und den Stadtverordneten Berlins dargebracht wurde (Abb. 39). Ein mannigfaltiges Formenspiel von einer Feinheit der Arbeit, die mit den

wird; daneben einerseits die Borussia, welche Germania gegen den Revolutionsdämon schützt, und andererseits den Kronprinzen, wie er über die Handhabung der Waffen belehrt und wie er im Unterricht auf das Vorbild seiner großen Ahnen hingewiesen wird. Diese Ahnen sind verbildlicht durch die Standbilder des Großen Kurfürsten, Friedrich Wilhelms I, Friedrichs II und Friedrich Wilhelms III, welche die drei Bildchen einschließen und voneinander scheiden. Unterhalb der Standbilder lagern die

Abb. 16. Friedrich der Große auf Reisen. Ölgemälde von 1854. (In der Galerie Ravené zu Berlin. Photographieverlag von Gustav Schauer in Berlin.)

Flußgötter von Weichsel, Elbe, Oder und Rhein in silbernen Netzen, und oben schlingen flatternde Putten eine Purpurdraperie durch das Zierwerk, auf welche sie oben in der Mitte die Königskrone setzen. Die künstlerische Ornamentik erstreckt sich auch auf die Ausgestaltung der großen Buchstaben der Anrede im Text der Adresse.

Mancherlei kleine Bildchen entstanden nebenher. Mit farbiger Kreide oder mit Wasserfarben wurden Eindrücke aus der Wirklichkeit festgehalten. Wie aus dem Leben gegriffen zeigt sich in einem Aquarellbild von 1851 ein im Eisenbahncoupé sitzendes Ehepaar; sie träumerisch und leidvoll ins Ferne blickend, er schnarchend in die Polster-

Abb. 17. Friedrich und die Seinen bei Hochkirch. Eigenwerk, vollendet 1856. Im Besitz Seiner Majestät des Deutschen Kaisers. (Photographieverlag von Gustav Schauer in Berlin.)

Abb. 18. Gardegrenadier.
Federzeichnung aus dem Armeewerk (1843—1857). (Eigentum und Verlag von R. Wagner in Berlin.)

ecke gedrückt. Ein kleines Ölbild aus demselben Jahr führt uns in das Rokokoboudoir zweier Damen; die ältere liest etwas vor, und die jüngere steigt auf einen Stuhl, um den die Vorlesung störenden Insassen eines Vogelbauers durch Zudecken zum Schweigen zu bringen.

Im Jahre 1852 wurde wieder ein Friedrichsbild fertig: das „Konzert in Sanssouci" (Abb. 43), mit der „Tafelrunde"

Adolph Menzel. 43

Abb. 49. Trompeter der Gardekürassiere.
Federzeichnung aus dem Armeewerk (1843—1857). (Eigentum und Verlag von R. Wagner in Berlin.)

jetzt in der Nationalgalerie zu Berlin vereinigt. Im Konzertsaal zu Sanssouci, bei festlicher Kerzenbeleuchtung, deren vielfältiger Schimmer ein eigentümlich reizvolles Lichtspiel über das Ganze verstreut, sehen wir den Großen König sich an der Ausübung der Kunst erfreuen. Fünf Musiker, unter denen der Klavierspieler Philipp Emanuel Bach und der erste Geiger Franz Benda kenntlich sind, wirken mit ihm zusammen. Eben trägt der König ein Solo auf der Flöte vor, und die Aufmerksamkeit der Versammelten spannt sich aufs höchste. Mit welcher entzückenden Feinheit hat der Meister die verschiedenen Arten des Lauschens bei den verschiedenen Zuhörern, die wieder sämtlich bestimmte

Persönlichkeiten sind, geschildert! Am innigsten von dem Zauber der Töne bewegt erscheint des Königs Schwester Wilhelmine, Markgräfin von Bayreuth, die wir in der Tiefe des Saales auf dem Sofa sitzen sehen. Ein wunderbares Meisterwerk des Ausdrucks ist der rechts an der Wand lehnende Musiklehrer des Königs, Meister rührender Weise sich bemüht, sich mit dem alten, tauben General Fouqué zu unterhalten.

In eben diesem Jahre vollendete Menzel ein Holzschnittwerk, welches dem Inhalte nach mit seinem großen Armeewerk in Zusammenhang stand und zu dem er schon 1843 den Anfang gemacht hatte. Es waren 32 Darstellungen von Soldaten der fride-

Abb. 50. Hofball in Rheinsberg 1739.
Aquarell- und Deckfarbengemälde von 1862. In Privatbesitz in Berlin.
(Photographie und Verlag von Gustav Schauer in Berlin.)

Quanz; wie trefflich ist hier auch in der ganzen Gestalt der derbere Knochenbau des Mannes von bäuerlicher Abstammung gegenüber den eleganten Rokokokavalieren gekennzeichnet!

Zwei kleinere Bildchen aus dem Jahre 1852 bewegen sich in entgegengesetzten Stimmungen. Das eine stellt eine Begegnung König Friedrichs, den der Major Chazot und der General Rothenburg begleiten, mit der Tänzerin Barbarina vor; das andere zeigt den König, wie er in ricianischen Armee, welche in lebendig bewegten Gruppen, nach den Besonderheiten der Waffengattungen thätig, vorgeführt werden (Abb. 44). Dieselben bilden als kolorierte Bilder den Schmuck eines Buches „Heerschau der Soldaten Friedrichs des Großen" (Text von Eduard Lange), welches der Verleger der „Geschichte Friedrichs des Großen" gewissermaßen als Ergänzung zu diesem Werk herausgab.

Daran reihte sich ein 1850 begonnenes und 1855 abgeschlossenes Holzschnittwerk, das bei A. Duncker in Berlin erschien. Unter dem Titel „Aus Königs Friedrichs Zeit" sind hier zwölf Bildnisse von größerem Maßstab gegeben, die den Großen König und seine gefeiertsten Helden in Halbfiguren zeigen. Die Gestalten dieser unter der Leitung von Eduard Kretzschmar in Leipzig vortrefflich im Schnitt ausgeführten Kaiserin von Rußland, der Schwester des Königs, übersandt wurde. Dieses königliche Geschenk sollte eine Erinnerung sein an ein glänzendes Fest, welches fünfundzwanzig Jahre früher bei Gelegenheit eines Besuchs der Kaiserin in der Heimat ihr zu Ehren veranstaltet worden war. Dieses Fest, „Der Zauber der Weißen Rose," sollte im Bilde

Abb. 51. Hirschgehege im Zoologischen Garten.
Aquarell- und Deckfarbengemälde von 1863 (aus dem sogenannten Kinderalbum. In der Nationalgalerie zu Berlin.
(Photographieverlag von Gustav Schauer in Berlin.)

Bilder treten uns mit so überzeugender Lebenskraft entgegen, daß sie das Urbild der Vorstellungen geworden sind, die wir uns von jenen Persönlichkeiten, neben Friedrich selbst (Abb. 40) besonders vom alten Dessauer, von Seydlitz und von Ziethen (Abb. 41), machen.

Im Auftrage König Friedrich Wilhelms IV begann Menzel im Jahre 1853 eine Reihe sehr eigenartiger Aquarelle, welche im folgenden Jahre als ein kostbares Album der wieder lebendig gemacht werden. Dabei war Menzel freilich auf mündliche Schilderungen und auf einen unzulänglichen schriftlichen und bildlichen Bericht angewiesen; aber sein Geist und sein lebhaftes Vorstellungsvermögen thaten das übrige. Er erweiterte den Inhalt des Albums durch Hinzufügen von Darstellungen ähnlicher Festlichkeiten aus früherer Zeit. Auf dem Titelbild verkörperte er die Sage als eine von Elfen umspielte, unter Waldblumen sitzende Spinnerin.

Daran reiht er das Bild des von der Sage berichteten ersten Turniers zu Magdeburg unter Kaiser Heinrich I; dann die launige Schilderung eines Schönbartspiels, welches Kurfürst Johann Georg von Brandenburg im Jahre 1592 veranstaltete, mit Musikanten in Tiermasken an der Spitze des Aufzugs (Abb. 45); darauf zwei Bilder von dem unter Friedrich dem Großen 1750 zu Ehren seiner Schwester Wilhelmine im Lustgarten zu Berlin aufgeführten Karussell: das Lanzen-

Von den Nebenarbeiten Menzels im Jahre 1853 sei ein Augenblicksbild aus der Wirklichkeit erwähnt: ein Blick in die Alt-Neu-Synagoge zu Prag (Ölgemälde).

Eine monumentale Aufgabe brachte ihm im Jahre 1854 der Auftrag, im Remter des Hochmeisterschlosses zu Marienburg zwei Figuren von Hochmeistern, Siegfried von Feuchtwangen und Ludger von Braunschweig, auf die Wand zu malen. In diesen Ordensrittern, die Menzel nach den Kartons, welche

Abb. 52. Tiger.
Aquarell- und Deckfarbengemälde aus dem Kinderalbum, 1863—1883). In der Nationalgalerie zu Berlin.
(Photographieverlag von Gustav Schauer in Berlin.)

stechen und die Preisverteilung. Die zweite Hälfte des Albums bildete dann die Schilderung des in und vor dem Neuen Palais bei Potsdam 1829 gefeierten Festes der Weißen Rose in fünf Bildern: Das Einreiten der Ritter zum Karussell, das Turnier, das Erscheinen eines Nebelbildes im Festtheater, der Ball im Gartensaal und die Krönung der Sieger. Die Bilder der Festlichkeiten aus alter Zeit sind von prächtig erdachten Rahmen im jedesmaligen Stil der Zeit umgeben. Bei den Bildern vom Zauber der Weißen Rose treibt in den Einfassungen ein Volk von Putten sein neckisches Spiel.

jetzt die Nationalgalerie bewahrt, im nächsten Jahre in Wasserglasmalerei ausführte, schuf er Heldengestalten, welche in ihrer wuchtigen Größe wie Dürersche Charakterfiguren anmuten.

„Friedrich der Große auf Reisen" ist der Titel eines figurenreichen Gemäldes, das im Jahre 1854 für die Galerie Ravené fertig wurde (Abb. 46). Der siebenjährige Krieg ist vorüber. Der König will sich persönlich von dem Erfolg der Anordnungen, die er zur Hebung der vom Krieg verursachten Schäden getroffen hat, überzeugen. Die Aufführung von Neubauten in einem zerstörten

Dorfe ist im Werke. Der König ist eben seinem Wagen entstiegen, und vom General von Lentulus begleitet schreitet er auf den Geheimrat von Brenkenhoff zu, der die Baupläne, welche er dem König vorzulegen hat, sichtet. Die Dorfbewohner haben an der einen Seite des Weges Aufstellung genommen; unter ihnen der Pfarrer mit den Schulkindern und mehrere Invaliden. Auf der anderen Seite des Weges harrt die Gutsherrschaft, angethan mit dem, was im Sturm der Zeiten von der Galakleidung gerettet

Im folgenden Jahre malte Menzel im Auftrag des schlesischen Kunstvereins die Huldigung der schlesischen Stände zu Breslau im Jahre 1741, wo König Friedrich, da kein Reichsschwert zur Stelle war, seinen Degen zog, um die Huldigenden auf diesen den Treueid ablegen zu lassen.

1856 wurde die Krone von Menzels Friedrichsbildern fertig: „Friedrich und die Seinen bei Hochkirch." Während eines Zeitraums von sechs Jahren hatte der Meister mit unendlichem Fleiß an diesem Werk ge-

Abb. 53. Im Kaffeegarten.
(Aquarell- und Deckenfarbengemälde von 1861 (aus dem Kinderalbum). In der Nationalgalerie zu Berlin.
Photographieverlag von Gustav Schauer in Berlin.)

geblieben, auf eine gnädige königliche Begrüßung. Aber der König, der in der einen Hand den Krückstock, in der anderen die Prise hält, schreitet so schnell vorüber, daß das herrschaftliche Töchterlein um das Anbringen der bereit gehaltenen Erfrischungen und der Gutsherr um seine wohlvorbereitete Anrede gekommen ist; doch der gewandteren Dame gelingt es, den Rockschoß des Königs zu erfassen und mit tiefem Knix einen Kuß darauf zu drücken. Mit ungelenken Bewegungen versuchen gegenüber die Dorfgebieter diesem Beispiel zu folgen. Zu der scharfen Menzelschen Charakterschilderung gesellt sich in diesem Bilde eine Fülle von Humor.

schafft. Bei jeder nächtlichen Feuersbrunst war er an Ort und Stelle geeilt, um deren malerischen Eindruck zu beobachten; zwischen Nacht und Morgengrauen hatte er im Freien seine Modellstudien gemacht. Aber was für ein Bild ist das geworden! Seit Velazquez seine „Kapitulation von Breda" gemalt hatte, war kein Geschichtsbild entstanden, das eine solche packende Wahrhaftigkeit in malerische Schönheit kleidete. Und an poetischem Gehalt übertrifft Menzels Schöpfung das Werk des großen Spaniers, wenn dieser auch an Farbengewalt überlegen bleibt. Der Überfall der Österreicher ist über das Preußenheer hereingebrochen wie ein verheerendes

Manöverzügen. Aber schon steht eine Schar von Musketieren und Füsilieren, durcheinander, wie ein jeder kam, gleich einer ehernen dampf verborgenen Feind entsendet. Weitere Offiziere und Mannschaften kommen atemlos heran und erklimmen tappend eine lehmige

Mauer an einem noch offen gebliebenen Weg. Die Ladestöcke rasseln, mit fieberhafter Hast werden die Schüsse gegen den in einer Linie von Feuer und Pulver- Böschung, um die Gefechtslinie zu verlängern. Das Aufblitzen des Pulvers und der Brand der ersten Häuser des Orts geben die einzige Beleuchtung in der unheimlichen Finster-

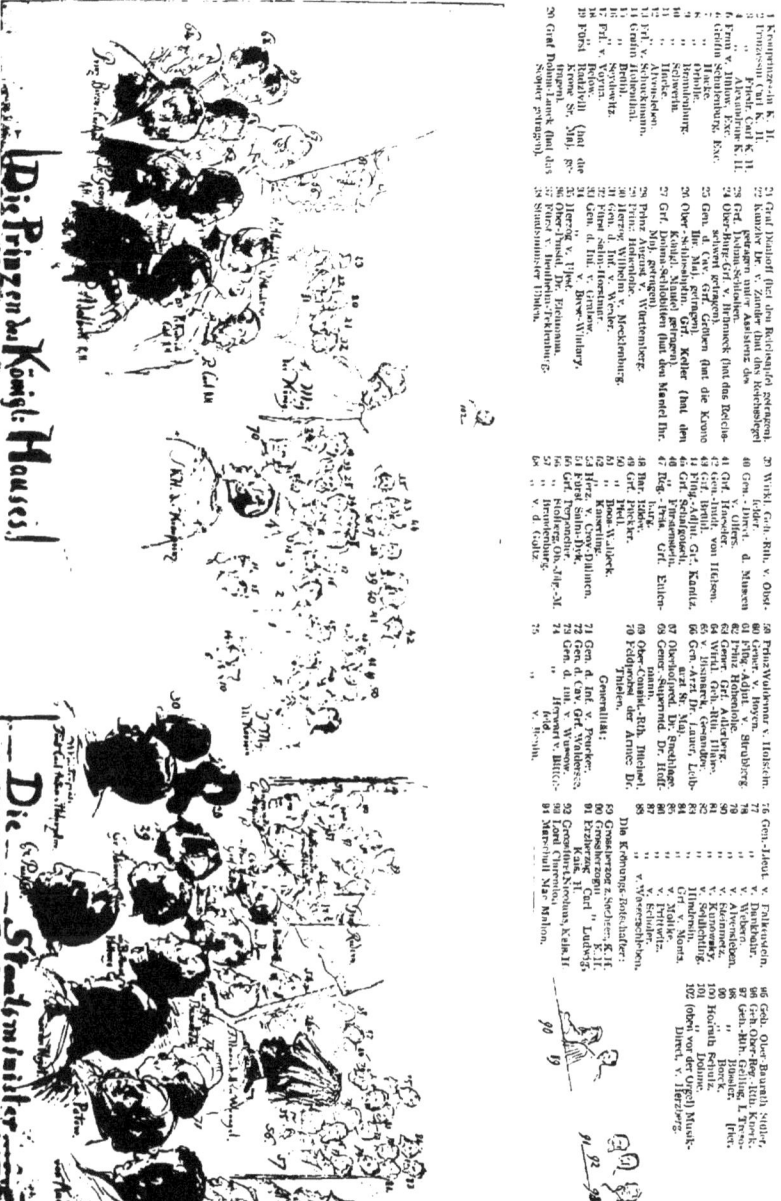

nis, in die kaum die erste blaugraue Dämmerung hineinflimmert. Überall schlagen die feindlichen Kugeln ein; aber die Heldenschar hält stand. Wir fühlen, wie alle in diesem Augenblick gleichsam von einem Hoffnungsstrahl in der hoffnungslosen Lage durchzuckt werden: der König ist da! Seinem Gefolge voraneilend, reitet Friedrich die Reihe der Kämpfer entlang. Scharf hervor= — Das lebensgroße Gemälde gehört zu den seltenen Kunstwerken, deren Betrachtung niemals ermüdet; je öfter man es ansieht, um so ergreifender kommt es zur Wirkung. Es prangt jetzt an der würdigsten Stelle, im Arbeitszimmer Seiner Majestät des Kaisers im Neuen Palais zu Potsdam.

Im Jahre 1857 lieferte Menzel an die Verbindung für historische Kunst ein in deren

Abb. 55. Badende Knaben an der Saale bei Kösen. Deckfarbenbild von 1865. In Privatbesitz in Dresden.
(Photographieverlag von Gustav Schauer in Berlin.)

gehoben durch das grelle Aufleuchten der Feuerblitze kommt er uns entgegen. Geängstigt schnaubt sein unsicher auftretender Schimmel. In seiner nächsten Nähe reißen die Kugeln Mann und Pferd zu Boden. Er hastet vorwärts, er will überall sein; auf seinem Antlitz liegt Ruhe, aber eine fürchterliche Ruhe, eine Starre, die seine Züge versteinert. Wenn es die Seinen auch noch nicht glauben, er weiß es, daß das Unglück nicht mehr abzuwenden ist. Und auch im Unglück erscheint er als der Große König, als ein Held, dem Helden gehorchen (Abb. 47).

Auftrag gemaltes Bild ab: „Die Begegnung Friedrichs des Großen mit Kaiser Joseph II in Neiße." Auf der Treppe des bischöflichen Palastes geht Friedrich dem rasch heraufsteigenden jugendlichen Kaiser entgegen; er legt den Arm um seine Schulter, und tief und herzlich blicken die beiden ehemaligen Gegner einander in die Augen. An der Spitze des kaiserlichen Gefolges schreitet Laudon, der Held von Kunersdorf, der mit offener Neugier die Blicke auf den großen Heerführer richtet, mit dem er so oft um die Siegespalme gerungen. Auf der Seite

Knackfuß, Adolph Menzel. 4

Abb. 56. Sonntag im Luxembourggarten zu Paris. (Im Privatbesitz in Berlin. Photographieverlag von Gustav Schauer in Berlin.)

des Königs sieht man die Prinzen Heinrich und Friedrich Wilhelm, weiter oben Seydlitz und Tauenzien, den ruhmreichen Verteidiger von Breslau. — Mit diesem Werk, das laut Bestimmung des Statuts der Verbindung für historische Kunst verlost worden und dadurch in den Besitz des Großherzogs von Weimar gelangt ist, schloß Menzel die Reihe der Gemälde, in denen er die Gestalt des Großen Königs verherrlichte. Zwei später begonnene große Bilder, das Zusammentreffen werks gedacht —, welche König Friedrich Wilhelm I zeigt, wie er eine Volksschule besucht. Wie in dem Gemälde „Friedrich II auf Reisen," mischen sich in dieser Schilderung Ernst und Komik. Die Zeichnung befindet sich in der Nationalgalerie.

Als das Kronprinzenpalais zu Berlin im Jahre 1858 für den Einzug des Prinzen Friedrich Wilhelm und seiner jungen Gemahlin neu hergerichtet wurde, füllte Menzel in einem Saale dieses Palais ein Lünetten-

Abb. 57. Auf dem Lande. Bleistiftzeichnung.
(Photographie von Gustav Schauer in Berlin.)

Friedrichs des Großen mit den österreichischen Offizieren in Lissa und die Ansprache an seine Generale vor der Schlacht bei Leuthen darstellend, blieben unvollendet in des Meisters Werkstatt stehen.

In den Kreis der Friedrichsbilder gehört noch eine Holzzeichnung vom Jahre 1856, welche einen Besuch des um die Hebung der Gewerbthätigkeit besorgten Königs in einer schlesischen Weberei zum Gegenstand hat. — Dem Vater Friedrichs II widmete Menzel 1858 eine in Kohle gezeichnete Darstellung — als Bestandteil eines nicht zur Ausführung gelangten vaterländischen Bilder-

feld mit der auf die Verbindung zwischen Preußen und England hinweisenden Darstellung der Begegnung von Blücher und Wellington auf dem Schlachtfelde von Belle-Alliance.

In dem nämlichen Jahr malte Menzel für das Versammlungslokal des Vereins Berliner Künstler ein Ölbild, welches den Mann, der in der Geschichte der neueren deutschen Kunst als der Stammvater einer auf Naturwahrheit gerichteten Auffassungsweise dasteht, Daniel Chodowiecki, in lebensgroßer Figur vorführt. Als Vorübung hierzu hatte Menzel eine Büste Chodowieckis von

4*

Abb. 58. Predigt im Freien (bei Kösen). Ölgemälde von 1868. In Privatbesitz in Berlin.
(Photographieverlag von Gustav Schauer in Berlin.)

allen Seiten und in verschiedenen Beleuchtungen gezeichnet.

Ein kleines Ölbild von 1859, eine Reiseerinnerung aus Kufstein, führt uns in einer Menge köstlicher Charakterfiguren das ländliche Publikum vor, das in einer als Theater dienenden Bretterbude, durch deren Wand sich schmale Sonnenstrahlen stehlen, auf den Beginn der Vorstellung harrt, in andächtiger licher Lage in ein Buch versenkt, dessen Inhalt seine Augen leuchten macht; es ist eine träumerisch-stille Stimmung, die Glut des Sommertags flimmert in den Bäumen des Ufers, und über der glatten Wasserfläche spielen die Schwalben. Dann der mit köstlicher Laune erdachte Hofball in Rheinsberg, wo die Herren und Damen der aus der Nachbarschaft des weltentlegenen Schlosses

Abb. 59. Fasanenfütterung. Aquarell- und Deckfarbengemälde (aus dem „Kinder-Album") von 1868.
In der Nationalgalerie zu Berlin.
(Photographieverlag von Gustav Schauer in Berlin.)

Spannung die einen, leise schwatzend die anderen, und wieder andere auf das Löschen ihres Durstes bedacht.

Als Nachklänge der vieljährigen Beschäftigung mit Friedrich dem Großen kann man vier kleine Bilder ansehen, welche ihren Inhalt der Zeit entnehmen, die Friedrich als Kronprinz in Rheinsberg verbrachte. Da ist zunächst eine hochpoetische Schöpfung, welche den Kronprinzen zeigt, wie er sich in zierlichem Kahn auf dem See am Schlosse umherfahren läßt und sich dabei im Schatten eines dunkelfarbigen Sonnensegels in behag-

zusammengeladenen Gesellschaft die Bewegungen und Trachten des Rokoko, die Menzel sonst mit so liebenswürdigem, feinem Reiz zu schildern weiß, von der komischen Seite zeigen (Abb. 50). Das Gegenstück zu diesem Bilde erkünstelter Eleganz bildet ein Blick in die derbere Welt der Lakaien und Kammerhusaren im Vorsaal. Das vierte der Bildchen schildert einen Besuch des Kronprinzen Friedrich auf dem Gerüst, wo Antoine Pesne mit der Ausmalung des Plafonds im Ballsaal des Schlosses beschäftigt ist; von dem Maler ungesehen,

Abb. 60. Momentag in Paris. Ölgemälde von 1869. (In Privatbesitz in London. Photographierverlag von Gustav Schauer in Berlin.)

beobachtet der Prinz diesen mit stillem Vergnügen bei dem Bemühen, einem ungelenken Modell die graziöse Stellung, die es einnehmen soll, deutlich zu machen. — Diese vier Bilder sind mit Wasserfarben gemalt, und zwar in einer Verbindung der eigentlichen Aquarellmalerei mit Deckfarbenmalerei. Sie bilden einen Teil einer Sammlung von Darstellungen kleinen Maßstabs, welche Menzel in dieser Technik, die ihm ganz besonders zusagte, für einen Berliner Kunstfreund in der Zeit von 1860 bis 1862 ausführte. Von den übrigen Blättern dieser Sammlung gibt eines, „der Abschied vor der Haustühre," einen Eindruck aus dem Berliner Straßenleben wieder; andere sind Augenblicksbilder, die Menzel sich auf Reisen in Deutschland und Tirol, durch die er von Zeit zu Zeit seinen Aufenthalt in Berlin unterbrach, eingeprägt hatte. Von solchen Reisen brachte er immer die Anregungen zu mancherlei köstlichen Schilderungen des Lebens mit heim.

Die Hauptarbeit des Meisters aber während des Jahres 1862, eine Arbeit, die ihn auch für die drei folgenden Jahre in Anspruch nahm, war eine große und erhabene Aufgabe. Nachdem er sich als den unvergleichlichen Schilderer preußischer Geschichte bewiesen hatte, wurde er als die berufenste Kraft dazu ausersehen, ein geschichtliches Ereignis der Gegenwart für die Nachwelt festzuhalten. Am 12. Oktober 1861 erhielt Menzel ganz unvorbereitet aus dem Munde des damaligen Kultusministers von Bethmann-Hollweg die Mitteilung, daß er die feierliche Krönung König Wilhelms, die am 18. Oktober in Königsberg stattfinden sollte, malen solle. Da galt es, in fliegender Hast in den wenigen Tagen die notwendigen Vorbereitungen zu treffen.

Abb. 61. Im Jardin des plantes. Deckfarbengemälde von 1869. In Privatbesitz in Hamburg.
(Photographieverlag von Gustav Schauer in Berlin.)

Hierüber und über die ganze Art und Weise, wie das Bild entstand, hat Menzel selbst eine schriftliche Aufzeichnung an die Öffentlichkeit gebracht, die in ihrer bestimmten, treffenden Ausdrucksweise ein Muster klaren und anschaulichen Berichtes ist. Er gab diese Aufzeichnung in dem Text, mit welchem er die nach der Vollendung des Krönungsbildes veranstaltete Veröffentlichung der zu demselben gemachten Skizzen und Bildnisstudien begleitete. Da erzählt er: „Ich mußte mich in den Tagen vor dem 18., meist an Ort und Stelle, durch den Ceremonienmeister über alles, namentlich die Standorte der wichtigsten Personen ꝛc., orientieren lassen,

In Potsdam.

Abb. 62. Aus dem bei Gustav Weise in Stuttgart erschienenen Bilderbogen: „König Friedrich der Große." Tuschzeichnung auf Holz, von 1869.

um danach im voraus mich über die Wahl meines Standortes, der mir die schönste Überschau der Handlung gewähren sollte, entscheiden zu können. Auch galt es, mit den Vorstudien der Örtlichkeit der Schloßkirche vorher möglichst zu Ende zu kommen. Mit mir reiste mein Freund Friedrich Werner, damit derselbe mich bei Aufnahme der vielen notwendigen Notizen unterstützte, namentlich beim Akt in der Kirche mir die Möglichkeit bleibe, meine Aufmerksamkeit auf die Hauptpersonen und -sachen zu konzentrieren. Diese Hilfe ist die einzige, deren ich mich während der ganzen Dauer der Arbeit bedient habe. Sämtliche Porträtstudien, sowie das Bild von der Aufzeichnung bis zum letzten Pinselstrich sind eigenhändige Arbeit. — Ich hatte meinen Standpunkt in der Kirche auf der Tribüne der Mitglieder des Herrenhauses gewählt (auf der fünften Stufe, vom Altar aus gerechnet). Der meist hochgewachsenen Umstehenden wegen mußte ich während des feierlichen Aktes auf einem Stuhle stehen, dessen Wackeln meinem hastigen Zeichnen nicht zur Erleichterung diente. Neben mir, zur Rechten, stand Werner. — So nun, wie ich im Bilde den Vorgang dargestellt habe, habe ich ihn in seiner Scenerie gesehen. Eine Licenz stellte sich als unvermeidlich heraus: die Abänderung des Vordergrundes. Die Prinzen des königlichen Hauses, die Minister und die Ritter des Schwarzen Adlerordens standen, wie es auch noch die Skizze angibt, in drei Reihen vor der Herrenhaustribüne. Sonach wäre von allen diesen wichtigen Personen wenig

anderes als die Rücken und
Hinterköpfe zur Darstellung
gelangt. Daher mußte ich
diese Partie teilen und anders
ordnen. — Zum Atelier wurde
mir ein Saal im (Berliner)
königlichen Schlosse, seit alter
Zeit „Garde-du-Corps-Saal"
geheißen, eine Treppe hoch
nach dem Lustgarten hinaus
gelegen, eingeräumt. Am
6. April nahm ich Besitz von
demselben, nachdem eine
Sammlung von Rüstungen
und Waffen, bisher darin beherbergt, teils herausgeräumt,
teils zur Seite geschoben war.
— Die vorläufige Aufzeichnung mit schwarzer Tusche
und dem Borstpinsel nahm
zwei Monate in Anspruch. —
Bei der Größe der Bildfläche
(14 Fuß rheinisch lang, 11 Fuß
rheinisch hoch) war ein Hin-
einmalen der vielen Porträtfiguren unmittelbar nach der
Natur räumlich nicht thunlich.
Also alles nur nach der
Naturstudie! Dazu bei
vielen Personen verschieden-
artigster Lebensstellung und
Aufenthaltsortes die Unge-
wißheit, von ihnen eine
zweite Sitzung, d. h. zur
geeigneten Zeit, zu erhalten.
Daher die Notwendigkeit, den
noch frischen Eindruck der
Wirklichkeit für das Malen
nach der eilig vollbrachten
Studie mit zu benutzen. —
Dies alles nötigte mir das
Wagnis auf, das Bild von
Anfang bis zu Ende prima
(d. h. Stück für Stück gleich
fertig, ohne vorheriges An-
legen und nachheriges Über-
arbeiten) zu malen. Von einer
geordneten Reihenfolge in der
Arbeit der Figuren in ihren
verschiedenen Gruppen konnte
gleichfalls keine Rede sein. Wie
ich der Betreffenden mit Schrei-
ben und Unterhandeln hab-
haft werden konnte oder gutes

Am Feinde.

Abb. 63. Aus dem bei Gustav Weise in Stuttgart erschienenen Bilderbogen:
„König Friedrich der Große." Holzzeichnung von 1869.

Glück sie mir vorführte, mußte ich sie vornehmen. Heute für den Hintergrund, morgen für den Vordergrund ꝛc. ꝛc. — Ihre Majestät die Königin lehnte die Sitzung ab, und ich blieb in betreff Allerhöchst Ihrer auf Gedächtnis und Beobachtungen, wozu die Hoffestlichkeiten Gelegenheit boten, hingewiesen. Ich habe Ihrer Majestät Kopf viermal gemalt. Ferner sah ich mich für die Porträts von neun Personen zur Benutzung von Photographien genötigt, indem erstere teils während der Jahre verstarben, teils niemals Berlin besuchten. Glücklicherweise gehören sie sämtlich dem Hintergrunde an. Dagegen haben Seine Majestät der König, sowie alle übrigen dargestellten Personen mir in meinem Saalatelier, angethan mit ihren respektiven Ornaten, Insignien, Uniformen nach meiner Anordnung zur Studie Stellung gehalten. Im ganzen befinden sich auf dem Bilde 132 Porträtfiguren. Auch konnte ich die Hauptrequisiten des Kirchenschmuckes — die Thronhimmel, Altarausstattung ꝛc. nach ihrer Rückkehr unmittelbar nach der Natur malen. — Die Altarkandelaber, Leuchter, Kerzen waren das erste, das ich malte; von da ging ich über zur Architektur des Hintergrundes.

Am 19. März begannen die Sitzungen zu den Porträts. Den Anfang machte der General der Kavallerie Graf von der Gröben. Am 16. Dezember 1865 habe ich aufgehört zu malen."

Unter all diesen aus der Natur des Gegenstandes sich ergebenden Schwierigkeiten hat Menzel ein Werk geschaffen, das nicht nur eine bildliche Urkunde, sondern auch in seiner prächtigen Wirkung ein malerisches Kunstwerk ersten Ranges ist. — Der gewählte Augenblick ist derjenige, wo der König mit der vom Altar genommenen Krone auf dem Haupte sich der Versammlung zugekehrt hat und mit zum Himmel gewendetem Antlitz das Schwert emporhebt. Wie wunderbar ist dieses von der Heiligkeit der Handlung ergriffene Königsantlitz, das den Blick des Beschauers gefangen nimmt, wie es die Augen all der vielen im Bilde dargestellten Personen gefesselt hält, die alle, jeder in seiner Weise, die Erhabenheit des Augenblicks mitempfinden! So hat Menzel durch seine tiefinnerliche Auffassung den Vorwurf, aus dem unter anderen Händen ein kaltes, prunkhaftes Ceremonienbild hätte entstehen können, zu einer ergreifenden Schilderung

Abb. 64. Aus dem bei Gustav Weise in Stuttgart erschienenen Bilderbogen: „Aus der Sommerfrische." Tuschzeichnung auf Holz, von 1870.

Abb. 65. Aus dem bei Gustav Weise in Stuttgart erschienenen Bilderbogen: „Aus der Sommerfrische." Holzzeichnung von 1870.

eines von höchster Weihe erfüllten, zu den Herzen sprechenden Vorgangs gestaltet (Abb. 54).

Die zu dem Krönungsbilde gemachten Studienköpfe, mit Bleistift, Tusche, Wasserfarbe, farbiger Kreide ausgeführt, sind jeder für sich ein vollendetes Meisterwerk. Seit Albrecht Dürer hat es niemand vermocht, eine solche Kraft der Lebenswahrheit, eine so erschöpfende, bis in die kleinsten Formen gehende Charakteristik niederzulegen in knappen, dem flüchtigen Augenblick abgerungenen Studien.

In die Entstehungszeit des Krönungsbildes fällt der Anfang einer Reihe kostbarer Blätter, die Menzel nicht für die Öffentlichkeit, sondern als Festgabe im engsten Verwandtenkreise, als „Kinder-Album" nach und nach — im Verlauf von zwanzig Jahren — malte. Menzel hat nie einen Mißbrauch seines reichen Könnens zu oberflächlicher, flüchtiger Darstellung gekannt. So ist auch jedes Blatt dieses „Kinder-Albums" ein vollendetes Kunstwerk, sorgfältig durchgearbeitet in jener ihm eigentümlichen Wasserfarbentechnik. Der Mehrzahl nach sind es Tierbilder, in denen Bewegung, Bau, Ausdruck, sowie die Oberfläche von Fell oder Gefieder der in irgend einer bezeichnenden Situation dargestellten Tiere mit wunderbarer Charakteristik wiedergegeben sind. Den Anfang dieser Tierbilder machen ein paar Hirsche in ihrem Gehege im zoologischen Garten zu Berlin (Abb. 51) und ein in ländlichem Behagen zwischen Gänsen und Hühnern sich sonnendes Kalb. In anderen Blättern hat Menzel die Tiere, die er im zoologischen Garten studierte, in die Freiheit versetzt. So lagert der bengalische Tiger am Eingang seiner Felsenhöhle; eben richtet er den Kopf auf und schlägt mit dem Schweife, als ob die Aussicht auf eine Beute ihn aus seiner Ruhe locke; die Augen funkeln und es zeigt sich das drohende Gebiß (Abb. 52). Der Grunzochs durchbricht mit gesenktem Kopfe ein Bambusröhricht. Andere Blätter wieder

Abb. 66. Pariser Boulevardscene. Federzeichnung von 1870. In Privatbesitz in Middelburg.
(Photographieverlag von Gustav Schauer in Berlin.)

haben sich zu reicheren Kompositionen gestaltet. So erscheint ein zahmes Rehkalb als die Hauptperson in einem Bilde, welches uns in den vielbesuchten Garten des Restaurants Moritzhof in Berlin versetzt (Abb. 53). Auch andersartige Darstellungen reihen sich ein, wie die Ansicht einer ganz gewöhnlichen Straßenecke in Berlin mit dem malerischen Reiz des abendlichen Dunkelwerdens, wo man in dem Eckhause im obersten Stock durch die geöffnete Balkonthür in eine lichtüberstrahlte große Gesellschaft zu sehen glaubt, während darunter im Hauptgeschoß nichts weiter sichtbar ist als das Durchschimmern einer Lampe durch die halbgeschlossenen Fenstervorhänge und ganz unten wieder ein Geschäftslokal in Gaslicht glänzt; es ist, als ob man von jedem Stockwerk eine Geschichte erzählen hörte.

Das letztgenannte Blatt ist eines von vielen, in denen Menzel bekundet hat, daß die Poesie malerischen Reizes sich ihm auch in den Straßen der Großstadt erschloß. Die Ritterstraße bei Mondschein, von seiner Wohnung aus gesehen, der neue Schiffahrtskanal, das Straßenleben zur Weihnachtszeit mit seinen glückstrahlenden Kindergesichtchen und andere ganz anspruchslose Erscheinungen gaben ihm Stoff zu seinen Stimmungsbildchen in Deckfarbenmalerei. Menzels Künstleraugen arbeiteten eben immer und überall, daheim und auf seinen meistens nur kurzen Reisen. In dem bewegten Getriebe eines hauptstädtischen Kaffeegartens, wie an der abgeschiedensten Stelle eines Landaufenthalts stellten sich ihm Bilder dar, die er wenigstens mit dem Zeichenstift festzuhalten für der Mühe wert erachtete. Auch in bloßen

Abb. 67. Bleistiftstudie zur „Tanzpause."

Architekturbildern, wie in dem Brunnen vor dem Rathaus zu Würzburg, entdeckte er einen seiner Eigenart zusagenden malerischen Reiz, der zu einem Bildchen die Anglänzt das köstliche Sommeridyll (von 1865), das ein Stückchen der in dem Hügelland bei Kösen zwischen Gebüsch und Wiesen sich einherschlängelnden Saale mit badenden und

Abb. 64. Tanzpause. Ölgemälde von 1870. In Privatbesitz in Dresden.
Photographieverlag von Gustav Schauer in Berlin.

regung gab. Besonders waren es in dieser Beziehung die reichen, quellenden Formen des süddeutschen Barockstils mit ihrem prickelnden Spiel von Lichtern und Schatten, die ihm behagten. Unter den gemalten Reiseerinnerungen von mehr landschaftlichem Charakter an einem Floß sich belustigenden Knaben zeigt (Abb. 55).

Im Jahre 1864 schuf Menzel wieder eines jener künstlerisch ausgestatteten Schriftblätter, wie er deren in seiner Jugend manche gezeichnet hatte, in dem „Diplom Ihrer

Königlichen Hoheit der Frau Kronprinzessin als Ehrenmitglied des Schießvereins der Offiziere der Potsdamer Garnison." Aber während bei den früheren Blättern ver- wo der Kronprinzessin Viktoria der Ehren- sessel vom Vorstand dargeboten wird, an- gebracht ist. Der Wortlaut der Urkunde ist scherzhaft gehalten, und Menzel begleitet

Abb. 69. Abreise des Königs Wilhelm zur Armee 1870. Ölgemälde von 1871. (Photographieverlag von Gustav Schauer in Berlin.) In der Nationalgalerie zu Berlin.

wandter Art der künstlerische Schmuck sich auf die Einfassung des geschriebenen Tex- tes beschränkt hatte, bemächtigt sich hier der Stift des Künstlers der Schrift selbst, die auf einem aufgehängten Teppich, der einen Blick freiläßt auf den Schießstand, diesen Text mit scherzhaften Einfällen, die denselben in der Gestaltung der Buchstaben oder in deren Ausschmückung fast Wort für Wort illustrieren. So sitzt in dem ersten Buchstaben, dem D von „Diplom," der von den Kugeln stark mitgenommene, aber trotz-

Abb. 70. Ehrenbürgerbrief der Stadt Berlin für Fürst Bismarck. Wasserfarbenmalerei von 1872. Im Besitz Seiner Durchlaucht des Fürsten Bismarck. Photographieverlag von Gustav Schauer in Berlin.

Abb. 71. Ehrenbürgerbrief der Stadt Berlin für den Grafen Moltke. Wasserfarbenmalerei von 1872.
(Photographieverlag von Gustav Schauer in Berlin.)

dem als lebendiges Wesen auftretende Zieladler, der mit seiner Klaue das Pünktchen auf das i setzt; der Anfangsbuchstabe von „Ehrenmitglied" ruht auf einem Kissen und ist mit einem Lorbeerkranz geschmückt, die Buchstaben des Wortes „Offizier" sind auf einen Degen gereiht, diejenigen von „Schießverein" verschwinden in Pulverdampf, künstlerische Schönheit ihrer Ausschmückung hervor: das Wort „Frau" ist von einem liebenswürdigen Völkchen reizender kleiner Puttchen umgaukelt, in dem K zeigen sich unter der Krone vereinigt der preußische Adler und der Löwe und das Einhorn des großbritannischen Wappens. Das künstlerische Spiel mit dem Sinn der Worte ist durch-

Abb. 72. Erinnerung an den Luxembourggarten in Paris. Ölgemälde von 1872.
In Privatbesitz in Berlin.
(Photographieverlag von Gustav Schauer in Berlin.)

die Worte „1. Garde-Regiments zu Fuß" sind mit Gardelitzen geschmückt und das G trägt außerdem noch den Gardehelm. Und so geht es weiter; mit sprühendem Mutwillen wird der scherzhafte Ton des Diploms hervorgehoben, indem zum Beispiel die Worte „hoher Vorstand" sich stolz über die Zeile hinausrecken, oder indem bei den Worten „weitberühmten Schießvereins" der erste Buchstabe mit Pfauenfedern geschmückt ist und vor und hinter diesen Worten die Schützen fremder Völker tiefe Verbeugungen machen. Die Worte „Frau Kronprinzessin" treten durch die feine geführt bis zum Schluß, wie im Datum das P von „Potsdam" mit einer Ansicht des Neuen Palais geschmückt ist.

Diese ganz neue Art von Zierkunst, die im Scherz geboren war, wendete Menzel bald darauf auch in einem ernsthaften Blatte in meisterhafter, unvergleichlich geistreicher Weise an. Das war die Adresse, welche König Wilhelm vom Magistrat von Berlin zur Erinnerung an den Siegeseinzug im Jahr 1866 überreicht wurde. Menzel malte in diesem Blatt die Worte des Festgedichts von Scherenberg, mit welchem der sieggekrönte König am Brandenburger Thor begrüßt wurde:

„Willkommen König! Deine Metropole
Grüßt jubelnd Dich und Deine Heldenschar!
Durchflog Borussia doch beschwingter Sohle
In sieben Tagen Friedrichs sieben Jahr'.
Nun reicht herab von ihrem Kapitole
Victoria den duft'gen Kranz Dir bar.
Gott ging mit Dir und wird auch mit Dir gehen,
Bis überm Lorbeerschatten Palmen wehen."

Die beiden ersten Zeilen, als der eigentliche Gruß, nehmen den größten Teil des Blattes ein. die Kränze schlingen sich wieder zusammen zu den Schriftzügen des Wortes „Deine," hinter dem eine Schar von Putten die Festmusik macht; der Putto regens chori hat eine Maske mit den Zügen des General-Direktors der Militärmusik Wieprecht vorgebunden. Das Wort „Metropole" zeigt sich darunter in einem schwebenden Bilde des in prächtigem Festschmuck prangenden, damals noch im Bau begriffenen Berliner Rathauses, dessen Status quo des Tages nach der Wirklichkeit gegeben ist. Die Zuschauer werfen

Abb. 73. Bleistiftstudie von 1874. Im Besitz der Kunsthandlung Fritz Gurlitt in Berlin.

Sie sind eingebaut in ein reichgeschmücktes Festgerüst von Kandelabern und Masten, die durch eine von der Königskrone oben in der Mitte ausgehende Draperie von Purpursammet und Hermelin miteinander verbunden sind, und zwischen denen auf luftigen Tribünen die begrüßenden Zuschauer stehen, während unten die siegreichen Truppen vorbeimarschieren. In diesem Rahmen bilden die drei ersten Worte die erste gemalte Zeile: hinter dem aus Blumen gebildeten „Willkommen" treten die weißgekleideten Festjungfrauen an, die dann die Buchstaben des Wortes „König," die in sich wiederum sinnreich gestaltet sind, mit Kranzgewinden schmücken, Blumen, Kränze und Lorbeerzweige auf die einziehenden Soldaten herab, und aus diesen Begrüßungsspenden bilden sich in der Luft die Worte „grüßt jubelnd Dich und Deine" —. Das Wort „Heldenschar" steht in großen festen Buchstaben auf dem Bodenstreifen und hebt sich hell von der dunklen Truppenmasse ab, die es bezeichnet; an den einzelnen Buchstaben dieses Wortes sind die Bildnisse der Führer des Krieges angebracht. Dieser ganze obere Aufbau, der den Gruß an das siegreiche Preußenheer von 1866 darstellt, wird getragen von einem Unterbau aus Marmor und Erz, an dessen lorbeergeschmückten Pfeilern die Helden Friedrichs des Großen zu beiden

Abb. 71. Eisenwalzwerk. Ölgemälde von 1875. In der Nationalgalerie zu Berlin. (Mit Genehmigung der Photographischen Gesellschaft in Berlin.)

Seiten von dessen Sarkophag stehen, — ein sinnvoller Gedanke Menzels, der nicht aus dem Gedicht hervorging. Die Textzeilen sind so angeordnet, daß das Wort „Friedrichs" für sich allein auf dem Sarkophag steht, und daß das Wort „Victoria" unter das Bild der Siegesgöttin kommt, die auf dem Sockel dieses Sarkophags sitzt. Die beiden letzten Zeilen sind auf ein mit goldenen Sternen besätes Band geschrieben, das von einem Ziergebilde seinen Ausgang nimmt, in welchem sich eine segnende Hand herabstreckt, und das in einer Gruppe von Palmzweigen, worin

Cherubim schweben, endet. Es würde unmöglich sein, mit Worten auf alles hinzuweisen, was das Blatt an sinnreichen Beziehungen und an künstlerischen Schönheiten enthält, von den Putten angefangen, welche sich auf der Draperie über dem Festgerüst herumtreiben, und von den Einzelheiten des Schmuckes bis zu dem Charakter der Schriftzüge hin, die in ihrer Verschiedenartigkeit die fliegende Eile des Siegeslaufs, das verzehrende Feuer der sieben heißen Tage und das sichere Mitgehen des göttlichen Segens ausdrücken, die bei den Worten „Kapitole"

Abb. 75. Auf dem Bau. Deckfarbengemälde von 1875. In Privatbesitz in Berlin.
(Photographieverlag von Gustav Schauer in Berlin.)

und „Victoria" gleichsam unwillkürlich eine antik-klassische Gestalt annehmen, um bei dem Worte „Kranz" wieder in fröhliche Bewegung überzugehen. — Das in Wasserfarben mit Zuhilfenahme von Gold mit wunderbarer Feinheit ausgeführte Blatt verdunkelt im Hohenzollernmuseum des Schlosses Monbijou die sämtlichen künstlerisch ausgeführten Adressen, welche dort in so großer Zahl aufbewahrt werden.

nis hinterlassen hatte, in einer Unzahl von Figuren schilderte; jede von diesen Figuren lebt, jede ist in ihrem Aussehen und ihrem Benehmen eine echt Pariser Erscheinung, man hört sie sprechen, man möchte, als ob man selbst in sonntagnachmittäglicher Ruhe dort säße, über jeden einzelnen seine müßigen Betrachtungen anstellen (Abb. 56). — Ein ebenfalls schon 1867 gemaltes Ölbild, in dem die gleiche Schärfe der Beobachtung leuchtet,

Abb. 76. Der Spaziergänger. Deckfarbenbild von 1875. In Privatbesitz in Paris.
(Photographieverlag von Gustav Schauer in Berlin.)

Im Jahre 1867 unternahm Menzel eine Reise nach Paris, bei Gelegenheit der dortigen Weltausstellung. In den Pariser Kunstkreisen war sein Name wohlbekannt. Er war der erste deutsche Maler, dessen Bedeutung die Franzosen rückhaltlos anerkannten. Hier empfing Menzel eine Menge neuer Eindrücke und Anregungen, denen eine Anzahl kostbarer Bilder ihr Entstehen verdanken. Unmittelbar nach seiner Rückkehr nach Berlin malte er ein Ölbild von kleinem Maßstab, aber einer unermeßlichen Fülle des Inhalts, in welchem er den Eindruck, den ein Sonntag im Tuileriengarten in seinem Gedächt-

führt den Beschauer in das dichtbesetzte amerikanische Restaurant der Weltausstellung. — Als Seitenstück zu dem „Sonntag im Tuileriengarten" entstand zwei Jahre später das sozusagen von betäubendem Lärm erfüllte Bild „Wochentag in einer Straße von Paris," das uns an den Kreuzungspunkt einer der verhältnismäßig stilleren Nebenstraßen mit einer der Hauptverkehrsadern der Weltstadt versetzt (Abb. 60). — Auch der alte Elefant im Jardin des plantes, ein verwöhnter Liebling des Publikums, reizte Menzel zu einem Bildchen, das er 1869 in Wasserfarben ausführte (Abb. 61). — Nur in einer Feder-

Abb. 77. Kirche zu Ettal. Deckfarbenbild von 1875. In Privatbesitz in Paris.
(Photographieverlag von Gustav Schauer in Berlin.)

Abb. 78. Richard Wagner in der Probe zu Bayreuth. Bleistiftzeichnung von 1875. Im Besitz des Künstlers.
(Photographieverlag von Gustav Schauer in Berlin.)

zeichnung, die aber nicht weniger sprechend und geistreich ist als die Gemälde, mit denen sie auch an malerischer Wirkung wetteifert, schrieb Menzel 1870 die Erinnerung nieder an einen Sommerabend auf dem Boulevard, wo man vor dem Café auf dem Bürgersteig sitzend das Auf und Ab der Menschenwogen an sich vorüberfluten läßt (Abb. 66).

Zwischen den Erinnerungen an Paris steht ebenbürtig das Ölgemälde von 1868, welches einem Aufenthalt in Kösen seine Entstehung verdankt und die Abhaltung eines Missionsgottesdienstes in der Buchenhalle bei Kösen schildert. Auch hier eine große Menschenmenge, aber alle — einige wenige Kommende und Gehende abgerechnet — in andächtige Ruhe gebannt von den Worten des Predigers. Durch das grüne Laub flimmern die Sonnenstrahlen und spielen mit zitterndem Reiz auf dem Boden und auf der Versammlung (Abb. 58).

kammerphantasien" bezeichnete. Seine Einbildungskraft dachte sich in die Eisenharnische, welche dort standen, lebende Menschen hinein, die ihm zu Helden launiger Bildchen

Abb. 79. „Wer steckt da oben?" Deckfarbengemälde von 1876. In Privatbesitz in Berlin.
(Photographieverlag von Gustav Schauer in Berlin.)

Aus Eindrücken, welche Menzel während seines Aufenthaltes in dem Saal des königlichen Schlosses, wo er das Krönungsbild malte, empfing, ging eine Anzahl von Darstellungen hervor, welche er selbst als „Rüst-

wurden. So entstand eine Zeichnung auf Stein, welche mit der Unterschrift: „Rate, wer es ist" einen Ritter zeigt, der in voller Rüstung vor eine junge Dame hintritt, die ihn sicherlich, wie wir aus den lächelnden

Mienen seiner Begleiter ersehen, sehr genau kennt, ihn jetzt aber nicht erkennt und darum von Neugier erfüllt ist, das Geheimnis des geschlossenen Visiers zu lüften. Augenscheinlich ist der Künstler durch die Form des Visiers, die den Eindruck eines verschmitzten Lächelns macht, zu dieser Phantasie angeregt worden. Ein prächtiges Wasserfarbenbild von 1868 zeigt einen Geharnisch= Gold= und Silberfasanen sind; den farbenprächtigen Vögeln hat der Künstler ein paar junge Chinesinnen zugesellt, von denen sie auf der Gartenveranda ihr Futter empfangen (Abb. 59). — Aus dem nämlichen Vorstellungskreise ist zu derselben Zeit ein anderes kleines, launiges Deckfarbengemälde hervorgegangen, welches unter dem Titel: „Comfort chinois" einen Chinesen zeigt, der

Abb. 80. Siesta. Federzeichnung von 1876. In Privatbesitz in Berlin.
(Photographieverlag von Gustav Schauer in Berlin.)

ten als „Blindekuh." Der in seinem schweren Eisenkleid steckende Ritter wird von einer bekränzten jungen Schönen genect, die von hinten an ihn herantritt und ihm schelmisch einen Blumenstrauß vor die Luftlöcher des Visiers hält; von dem Gesicht des Ritters sieht man fast nichts, als das durch die schmale Augenspalte des Helms schimmernde Glanzlicht des einen Auges, und dieses eine Lichtchen läßt uns in köstlicher Weise den ganzen Ausdruck des verborgenen Männergesichts erraten.

Dem „Kinder-Album" gehört ein kostbares Blatt von 1868 an, dessen Hauptfiguren sich mit dem Ausdruck höchsten Behagens von einem Silberfasan in der Nase picken läßt, während ein Goldfasan, der wohl ebenso abgerichtet ist, auf seiner Schulter sitzt.

Unter den Schöpfungen des Jahres 1869 nimmt auch eines jener Schriftblätter einen bedeutsamen Platz ein, welche Menzel mit so reicher Phantasie zu gestalten wußte. Es ist das „Gedenkblatt an das fünfzigjährige Bestehen der Firma C. Heckmann in Berlin." Dasselbe zeigt einen architektonischen Aufbau, dessen breite Träger Cyklopenhermen sind. Vor dem breiten Mittelpfeiler steht eine geflügelte Frauengestalt, welche auf das Bild-

Abb. 81. Studien (Bleistift) zu einer Zeichnung zum „Zerbrochenen Krug." Im Besitz der Kunsthandlung Fritz Gurlitt in Berlin.

nismedaillon Heckmanns hinweist. Auf dem oberen Abschluß der Architektur, der die Worte trägt: „Tausend Jahre sind ein Tag, 50 aber ein halbes Jahrhundert," sind Putten damit beschäftigt, ein bekrönendes Gitter von reicher Schmiedearbeit mit Kränzen und Blumengewinden zu schmücken. Am Sockelstreifen halten Putten und Feuersalamander Ketten von ineinander gehakten, in Schmiedearbeit hergestellt gedachten Buchstaben, welche die Worte bilden: „Aller Anfang ist schwer." In den Zwischenräumen der Architektur aber, zwischen den Cyklopenfiguren, sieht man in die dampfgefüllten Kupferschmiedewerkstätten hinein, wo die rußigen Kraftgestalten der „modernen Cyklopen" mit dem glühenden Metall hantieren.

Seit Menzel das Krönungsbild gemalt hatte, war er allezeit Gast bei den Hoffestlichkeiten im königlichen Schlosse. Da weidete sich sein Malerauge an dem Zusammenklange der prachtvoll ausgestatteten Barockräume mit dem Farbengewoge der Uniformen und der Damenroben, an dem Schein und Widerschein der Kronleuchter und Girandolen, die ein vielfältiges Lichterspiel durch die Räume ergossen und sich glitzernd und funkelnd in Ordenssternen, Diamanten und Augen spiegelten. Einst hatte seine staunenswürdige Einbildungskraft die Feste Friedrichs des Großen lebendig zu machen gewußt; jetzt konnte er nach dem eigenen Augenscheine die Feste Wilhelms I schildern, und er hat in solchen Darstellungen unvergleichliche kulturgeschichtliche Bilder für die Nachwelt aufbewahrt. Nachdem er im Jahre 1867 mit einem kleinen Deckfarbengemälde „Ballgesellschaft" dieses Gebiet zuerst betreten hatte, eröffnete er mit einem 1870 vollendeten größeren Bilde „Tanzpause" benannt, eine Reihe von prächtigen Ölgemälden solchen Inhalts. Da befinden wir uns in einem der an den Ballsaal anstoßenden Nebensäle. Eben ist ein Tanz beendet. Durch die Thüre des Ballsaals, in den wir wie in ein Meer von Licht hineinblicken, strömen die Paare in den zu einem behaglichen Augenblick zwangloser Plauderei einladenden Raum. Eine Gruppe von Damen hat bereits an einem kleinen runden Tisch Platz genommen, denen ein Diener in Galalivree mit Erfrischungen naht. Herren vom Militär und Civil, in bunter Mannigfaltigkeit der großen Galauniformen, treten zu den Damen heran oder erzählen sich untereinander schnell ein Geschichtchen. Man meint, jede Persön-

Abb. 82. Studie (Bleistift) zu einer Zeichnung zum „Zerbrochenen Krug."
Im Besitz der Kunsthandlung Fritz Gurlitt in Berlin.

Abb. 83. Aus den Zeichnungen zu Heinrich von Kleists Lustspiel „Der zerbrochene Krug" (1876—77).
Schlußstück zum 5. Auftritt.

lichkeit müßte ein Porträt sein, so sprechend gibt sich eine jede Gestalt in ihrer Eigenart. Doch ist das Ganze, das den Eindruck einer Augenblicksaufnahme nach dem Leben macht, eine freie Komposition Menzels, und die Personen, die in ihrer Gesamtheit sowohl wie in der Erscheinung eines jeden Einzelnen ein so treffend lebenswahres Abbild der vornehmen Hofgesellschaft der Zeit geben, sind die Erzeugnisse seiner Künstlerphantasie (Abb. 68).

Als dann in dem nämlichen Jahre die französische Kriegserklärung jenen Sturm von vaterländischer Begeisterung hervorrief, den keiner, der ihn erlebt hat, je vergessen kann, da erfaßte Menzels scharfer Blick, der treffsicherer arbeitete, als es ein photographischer Momentapparat vermöchte, ein Augenblicksbild, in welchem er die ganze Stimmung jener Tage zusammengefaßt festgehalten hat. „Die Abreise des Königs Wilhelm zur Armee am 31. Juli 1870" ist ein geschichtliches Denkmal aus der Zeit des großen Krieges, dem sich kein anderes aus den Ereignissen jener Jahre hervorgegangenes Erzeugnis der deutschen Kunst an die Seite stellen läßt, denn in ihm ist der Herzschlag der Nation zum Ausdruck gebracht (Abb. 69). Unter den Linden in Berlin steht Kopf an Kopf die Menschenmenge, jede Hausthür, jedes Fenster, jeder Balkon ist dicht besetzt. Der König fährt in der Richtung nach dem Brandenburger Thor die Straße entlang. Eine wogende Erregung geht durch die Massen, an denen der Wagen vorbeirollt; sie beginnt, wo man desselben eben erst ansichtig wird und noch Zeit zu einem flüchtigen Blick in das eben ausgegebene Extrablatt findet, und sie zittert noch lange weithin nach, wo der Wagen vorbei ist. In strammer militärischer Haltung grüßen die einen, mit Verneigungen andere, Hände, Tücher, Hüte bewegen sich in der Luft, — in all diesen verschiedenen Menschen lebt ein Gefühl. In dem Antlitz des greisen Königs, der die Grüße dankend erwidert, liegt tiefe Ergriffenheit, die Königin an seiner Seite verbirgt schluchzend ihr Gesicht im Taschentuch. Die Häuserreihe entlang wehen Fahnen aus den Fenstern und von den Balkonen, und wie sie so lustig im Sommerwinde flattern, ist es, als ob eine Siegesahnung sie bewegte. — Das wunderbare Bild, so riesengroß an Inhalt und Gehalt, ist ein Ölgemälde von ganz geringem Umfang, dreiviertel Meter breit. Es befand sich zuerst, wie die meisten kleinen Bilder Menzels, in Privatbesitz; später aber wurde es vom Staate für die Nationalgalerie erworben, um als ein einzigartiges Geschichtsbild kommenden Geschlechtern das weltgeschichtliche Ereignis des deutsch-französischen Krieges eindringlicher, als es die Verbildlichung großer Thaten vermöchte, zu vergegenwärtigen durch die wahrheitsgetreue Schilderung von dem Eindruck eines bedeutungsvollen Augenblickes auf die deutsche Volksseele.

Menzel malte dieses Meisterwerk erst im Jahre 1871, "aus der Erinnerung." Als der große Krieg beendet war und die Sieger heimkehrten, führte Menzel zum Schmuck des Akademiegebäudes beim Truppeneinzug die Bildnisse von Bismarck und Moltke in Wachsfarben aus. Nachdem diese großen Bildnisse ihren vorübergehenden Zweck erfüllt hatten, sind sie zur Aufbewahrung in die Kadettenanstalt zu Großlichterfelde gebracht worden.

— Darauf übernahm der Meister die künstlerische Ausarbeitung der Urkunden, in denen die Stadt Berlin jene beiden Helden der ruhmreich errungenen Einigung Deutschlands zu ihren Ehrenbürgern ernannte. Die beiden Schriftbilder, die im Jahre 1872 fertig wurden, in prächtiger Deckfarbenmalerei

Abb. 84. Aus den Zeichnungen zu Heinrich von Kleists Lustspiel „Der zerbrochene Krug" (1876—77). Schlußstück zum 8. Auftritt.

auf Pergament ausgeführt, vereinigen sinnreichen Figurenschmuck mit geist- und geschmackvoller Ausgestaltung und Schmückung der ersten Schriftzeilen. Bei dem Ehrenbürgerbrief für Bismarck (Abb. 70) sieht man links drei gekrönte Frauengestalten in mittelalterlichen Königsgewändern — die Vertreterinnen der deutschen Staaten — auf einem Felsen stehen, in welchen sie den jungen Baum des neuen Deutschen Reichs, der als Lorbeerreis zwischen ihnen aufragt, gepflanzt haben; und unter dem Fels schaut das Haupt des alten Barbarossa, vom flammenden Barte umwallt, hervor. Über ihnen erhebt sich ein schlanker

Abb. 85. Aus den Zeichnungen zu Heinrich von Kleists Lustspiel „Der zerbrochene Krug" (1876—77).
„Fort, thut mir den Gefallen, holt ihn wieder!" (Schluß des vorletzten Auftritts.)

gotischer Baldachin, auf dessen Bekrönung ein mächtiger Adler sich niedergelassen hat, vor dem die Raben davonfliegen. Das Maß- einer goldenen Magistratskette eingehängt, die sich, von leichtem Zierwerk durchflochten, von dem Baldachin aus zum entgegengesetzten

Abb. 86. Frühmorgens in Rochlschnellung. Tuschzeichnung von 1877. Im Besitz der Verlagshandlung R. Wagner in Berlin.

werk des Baldachinabschlusses enthält zugleich den Anfangsbuchstaben W der Urkunde. „Wir, der Magistrat der königlichen Haupt- und Residenzstadt": die Worte sind, wie aus Metallbuchstaben gebildet, in die Windungen Ende hinüberzieht, wo auf einem Banner das anschließende Wort „Berlin" prangt. Träger des Banners ist ein Schmied, der mit seiner Umgebung, einer Schar von Knaben mit Schärpen und Palmzweigen, an der rechten

Seite des Bildes das Gegenüber der fürstlichen Frauengestalten bildet; sein Standpunkt ruht auf einer Konsole, welche sich aus einem Bärenpaar mit verschlungenen „urkunden und bekennen hiermit, daß wir im Einverständnisse mit der Stadtverordneten-Versammlung den" —. Bei den folgenden Worten „Kanzler des Deutschen Reichs" ist

Abb. 87. Bleistiftstudie von 1877 zum „Ballsouper".

Pranken und dem Reichsschild zusammensetzt und so die Erhebung der Stadt Berlin, deren Wappentier der Bär ist, zur Reichshauptstadt andeutet. Die zweite und dritte Zeile des Textes enthalten in ornamentaler Schrift ohne sinnbildliche Zuthat die Worte: das K aus einem mit dem großen Kanzlerpetschaft stramm hastehenden Putto und zwei schräg gestellten Schreibfedern gebildet; die übrigen Buchstaben sind auf ein breites Band gemalt, über dem in der Mitte, gleichsam von dem stärker hervorgehobenen D ge-

Knackfuß, Adolph Menzel. 6

Abb. 88. Bleistiftstudie zum „Cercle."

tragen, die Wappenschilde von Elsaß und von Lothringen stehen und hinter denselben ein mit Helm und Eisenhandschuhen bewehrter Putto, der das deutsche Kaiserbanner und das preußische Königsbanner schwingt; am Ende des Bandes spielt ein Flügelknabe mit Bismarcks Kürassierhelm. Dann erscheinen die Worte „Präsidenten des preußischen Staatsministeriums," mit Ausnahme des in plastischer Gestalt hervortretenden ersten Buchstaben, wie in Stickerei auf zwei aufeinander liegenden Ordensbändern ausgeführt. Auch die Worte „Fürsten Otto Eduard Leopold Bismarck" sind auf einem solchen Bande angebracht, von dem wiederum der Anfangsbuchstabe und ebenso das B sich in selbständiger Bildung herausheben; über dem F hält ein kleiner Genius, dessen Kopf in den Ordensstern, mit welchem das Anfangs-P der vorhergehenden Zeile belegt ist, hineinragt, den Fürstenhut, und das B des Namens ist mit Lorbeerzweigen durchflochten. Der weitere Wortlaut der Urkunde ist in zierlicher und schmuckreicher Schrift ohne malerische Einkleidung gegeben. — Der Ehrenbürgerbrief für Moltke (Abb. 71) zeigt auf der einen Seite die Berolina, die in reicher, fürstlicher Kleidung unter einem von zwei Pagen gehaltenen prächtigen Thronhimmel steht, ein Scepter mit dem Bären in der Rechten, die Linke grüßend an die Brust gelegt; der als steinerne Konsole gedachte Sockel, welcher diese Gruppe trägt, ist mit dem Reliefbild einer Mutter, welche ihr Kind an sich drückt, mit Karyatidenköpfen, welche das bürgerliche Gewerk und die Landwehr bedeuten, und mit einem Löwenhaupt, das einen Zirkel zwischen den Zähnen hält, geschmückt. An der anderen Seite erblickt man die phantastische Riesengestalt eines preußischen Kriegers, der durch Schnee und Eis über zertrümmerte Geschütze schreitet; sein Körper und seine Arme sind hinter Rauch und Pulverdampf verborgen, aus dem ein Blitzstrahl hervorzuckt, der, einen eisernen Ring durchbrechend, das in diesem eingeschlossene Haupt des Feindes trifft; aus der wirbelnden Rauchwolke taucht der Kopf des Kriegers hervor, unter einem vom Generalsfederbusch umwallten, mit dem eisernen Kreuz und anderen Orden wie mit einem Kranz geschmückten Helm; mit den Zähnen trägt er vor sich die am Band des eisernen Kreuzes zusammengebundenen Schilde von Elsaß und Lothringen. Auf dem Thronhimmel der Berolina ist wie in Stickerei das Anfangs-W der Einleitungsworte der Urkunde angebracht, die denen des Bismarckschen Ehrenbürgerbriefs gleichlautend sind. In der Mitte der ersten Zeile hat Menzel zwischen das zierliche Ranken- und Schnörkelwerk, welches die Schrift schmückt, eine wirkungsvolle Unterbrechung gebracht durch einen mächtigen Adler mit ausgebreiteten Schwingen; von dessen dunkelfarbiger Gestalt hebt das **Wort** „König" (=lichen) sich leuchtend ab, noch weiter hervorgehoben durch zwei Flügelknaben, welche über ihren Köpfen auf prächtigen Kissen die Königs- und die Kaiserkrone tragen. Das Wort „Berlin" sondert sich auch hier in lebhaft sprechender Weise ab; in andersartiger Schrift gemalt, mit einem wehenden Banner und der Zuthat von zwei Jungen, welche Siegesdepeschen ausbieten, geschmückt, bildet es über dem Haupt der Kriegerfigur das Gegengewicht gegen die Bekrönung des Thronhimmels am Anfang der Zeile. Der Titel des Gefeierten, „General=Feldmarschall, Chef des Generalstabs der Armee," ist bis auf die beiden letzten Worte ähnlich wie bei der anderen Urkunde, auf einem Bande angebracht; und zwar in der Weise, daß die kleinen Buchstaben wie Reliefstickerei erscheinen, während die großen Buchstaben als selbständige Körper das Band tragen helfen, das an den Enden von Knaben gehalten wird; ein dritter Knabe weist auf den im Anfangs=G strahlenden Stern des Schwarzen Adlerordens hin. Das nicht mehr auf dem Bande befindliche Wort „Armee" schwebt in lichten, auf ein Lorbeerreis gereihten Buchstaben vor der dunklen Dampfwolke, welche die große Kriegergestalt einhüllt. Dann folgt die Zeile „Ehrenmitglied der Akademie der Wissenschaften," auf die sich der marmorne Minervakopf bezieht, der, von einem Ordensband umschlungen, den Zug eines zweiten Bandes in der Mitte unterbricht. Dieses zweite Band trägt die Vornamen und den Grafen-

Abb. 89. Bleistiftstudie zur Hand Kaiser Wilhelms I im „Cercle."

Abb. 90. Cercle. Eine Hofballerinnerung. Ölgemälde von 1879. In Privatbesitz in Worms.
(Photographieverlag von Gustav Schauer in Berlin.)

titel des Feldmarschalls; das Wort „Moltke" aber löst sich wieder heraus, und mit dem Anfangsbuchstaben einen Marschallsstab umschlingend, leuchtet es in gleicher Weise, wie darüber das Wort „Armee," lorbeergeschmückt vor dem Pulverrauch; von diesem Namen scheint der Blitzstrahl auszugehen, welcher den eisernen, das Feindeshaupt umgebenden Ring — den Befestigungsgürtel von Paris — durchschlägt.

Menzels riesenhaftes Gedächtnis ließ ihm im Jahre 1872 eine Erinnerung an den Luxembourggarten in Paris, die sich ihm vor mehr als vier Jahren eingeprägt hatte, wieder so lebendig werden, daß er danach ein Ölbild malte (Abb. 72). Wie da in dem sonnig durchflimmerten Schatten der geraden Baumreihen, in der Stadt und doch abseits von deren hastendem Getriebe, Persönlichkeiten von mancherlei Art eine längere oder kürzere Weile erfrischender Rast genießen, das ist mit einer so eindringlichen Wahrheit geschildert, daß man denken möchte, das Bild sei ein im Fluge festgehaltener Abdruck der Wirklichkeit. — So treffend wie hier der Lokalton von Paris, ist in einer das Jahr zuvor gemalten Erinnerung an den Esterhazykeller in Wien die österreichische Eigenart aufgefaßt und wiedergegeben. Solch' ein Keller mit dem bunten Volk, das da verkehrt, bot dem Auge des Künstlers einen eigenen malerischen Reiz. Die sommerlichen Erholungsreisen nach Süddeutschland und Österreich gewährten ihm überhaupt immer neue Anregungen. Das prickelnde Spiel von Farbentönen und glitzernden Lichtern auf den Barockformen der so prunkvoll ausgestatteten Kirchen jener Gegenden fesselte seinen Malerblick in ähnlicher Weise, wie das Getriebe dichter Menschenmassen. So malte der Meister in den Jahren 1871—1873 in prächtigen Aquarellen den Hochaltar der St. Peterskirche zu Salzburg, ein Stück aus der Pfarrkirche zu Innsbruck, den Hochaltar der Damenstiftskirche zu München — die beiden letzteren mit reicher Staffage von amtierenden Geistlichen und andächtigen Betern. Wiederum andersartige Eindrücke hielt er in den Deckfarbenbildern fest, welche den „Wigwam" (das Indianercafé) im Park der Wiener Weltausstellung und das in phantastisch-malerischem Hell-

Abb. 91. Studie (Bleistiftzeichnung).

dunkel schwimmende Innere eines sehr ländlichen Wirtshauses in Gastein zeigen (beide 1873 gemalt).

Zwischen solchen unmittelbar aus Eindrücken der Wirklichkeit hervorgegangenen Schöpfungen entstand dann auch wieder einmal ein vom Balkon seiner Wohnung in Gastein aus aufgenommener Naturausschnitt, von ihm mit Maleraugen gesehen: ein der menschlichen Staffage fast gänzlich entbehrender Blick in das Gasteiner Thal, mit Gärten im Vordergrunde, mit Häusern und Kirch-

Abb. 92. Bleistiftstudie zum „Ballsouper."

mal ein Genrebild in der Einkleidung einer vergangenen Zeit. So zeigt ein Wasserfarbengemälde von 1872 „das gestörte Mahl" eines Reichen des 17. Jahrhunderts, dem an der fürstlich gedeckten Tafel seines holzgetäfelten Gemaches ein unerwarteter Brief den Appetit verdorben hat.

Mit der Jahreszahl 1874 sind nur wenige Werke Menzels bezeichnet, — darunter im Wechsel von Sonnenlicht und tiefen Schatten, mit dem wolkenumzogenen Hochgebirge als Abschluß. — Was ihn in diesem Jahre ganz beschäftigte, war die Vollendung eines umfangreichen Ölgemäldes, das im nächstfolgenden Jahre fertig wurde.

„Das Eisenwalzwerk" ist diese bedeutungsvolle Schöpfung (Abb. 74). Weißglühendes Eisen, durchleuchtete Dämpfe, Feuerschein im

Kampf mit dem einfallenden Tageslicht, hart arbeitende Männer und dröhnendes, schwirrendes Maschinengetriebe: das Ganze ein Bild aus dem eigensten Innern unseres Jahrhunderts, ein Griff in das Alltagsleben der Arbeit und ein Kunstwerk von unübertroffener Pracht der malerischen Wirkung. Der künstlerische Reiz, der Eindruck auf das Malerauge, das war es zweifellos, was Menzel bewogen hat, mit einem großen Gemälde ein Stoffgebiet zu betreten, das bis dahin der deutschen Kunst noch nicht

dem Künstler in einem der großen Betriebe zu Königshütte in Oberschlesien gezeigt. Es ist ein der Anfertigung von Eisenbahnschienen dienender Raum, in den wir blicken; ein weithin in dampfige Tiefe sich erstreckender Raum, angefüllt mit einem für den nicht Sachverständigen sinnverwirrenden Maschinenwerk, dessen Stangen und Räder und vielfältig ineinander greifende Vorrichtungen Menzel mit der ihm eigenen Gewissenhaftigkeit so wiedergegeben hat, daß das Herz des Fachmanns daran seine Freude hat. Im Mittel-

Abb. 93. Modellstudie (Bleistift) zum „Ballsouper."

erschlossen war. Von den Nebengedanken, welche jüngere Maler in ihre Bilder aus der Welt der Arbeit zu legen lieben, ist bei dem Meister nicht das geringste zu spüren. Als Maler sah er den Vorgang, und als Maler malte er das Bild, wie einst Velazquez seine Teppichspinnerei — das einzige ältere Gemälde von verwandtem Charakter — gemalt hatte. Die erste Anregung zu dieser prachtvollen Schilderung der Thätigkeit „moderner Cyklopen" mag er empfangen haben, als er 1869 das Heckmannsche Gedenkblatt malte, wo er ja auch schon die rußigen Gesellen im beschmutzten Arbeitskittel zur Darstellung brachte. Das wirkliche Vorbild des Eisenwalzwerkes hat sich

punkt des Bildes sehen wir eine Anzahl von Arbeitern damit beschäftigt, ein auf dem Stoßkarren herbeigefahrenes glühendes Eisenstück unter die Walze zu bringen; mit Anspannung aller Muskeln der kräftigen Arme wird die Deichsel des Karrens emporgehoben, von beiden Seiten wird die glühende Masse in schnellem Griff mit Riesenzangen gepackt und in die Richtung gebracht; die Glut wirft flammende Lichter auf die im Kampfe mit der Hitze sich zusammenziehenden Gesichtsmuskeln der Männer und spiegelt sich blitzend in den verengten Augenspalten. Jenseits der Walze stehen andere Arbeiter bereit, um das Eisenstück in Empfang zu nehmen und weiterzuleiten, bis es schließ-

Abb. 94. Modellstudien (Bleistift) zum „Ballsouper."

lich, nachdem es die ganze Reihe der verschiedenen, durch ein gewaltiges Schwungrad getriebenen Walzen durchlaufen hat, als Eisenbahnschiene wieder zum Vorschein kommen wird. Solche Arbeit an der Glut erfordert öfteren Schichtwechsel. Links im Bilde sehen wir hinter einem Arbeiter, der einen im Dampfhammer zurecht geformten Eisenwürfel auf einem Ziehkarren nach vorn fährt, die eben Abgelösten mit Waschen und Umkleiden beschäftigt. Vorn rechts sind einige andere, durch eine Art von Schirmvorrichtung vor der Hitze geschützt, in kurzer Ruhepause mit dem Mittagsbrot, das ein junges Mädchen aus dem Korbe packt, beschäftigt.

Das wunderbare, jetzt in der Nationalgalerie befindliche Gemälde wurde im Anfang des Jahres 1875 fertig. Das nämliche Jahr sah dann auch eine Anzahl kleinerer, mit Deckfarben gemalter Meisterwerke entstehen. Da ist noch ein Bild aus der Welt der Arbeit, ein Blick in die Wirklichkeit von einem hochgelegenen Fenster aus gesehen: Maurer bei der Arbeit an einem Neubau, der vor dem Hintergrunde der dichten Baummasse des Berliner Tiergartens emporwächst, — ein prosaischer Alltagsgegenstand und eine künstlerische Schöpfung von höchster malerischer Poesie (Abb. 75). Dann die ebenfalls in aller Schlichtheit so hochpoetische Darstellung eines Spaziergängers, eines alten Herrn in der Tracht der Zopfzeit, der nachdenklich den mit verschnittenen Weiden besetzten Pfad am Bache entlang wandelt, dicht bei der Ortschaft, aber abseits der Verkehrsstraße (Abb. 76). In die Gattung der „Rüstkammerphantasien" gehört das launige Bild eines Ritters in voller Rüstung, der mit seinem ebenfalls geharnischten reisigen Begleiter unter der Linde vor der Schenke Halt gemacht hat und mit langem, durstigem Zuge einen ordinären thönernen Wirtshauskrug ausleert; der starke Herr mag sich den kühlen Trunk in heißem Ritt verdient haben, — das sieht man seinem müden Gaul an. Ein allerliebstes Genrebild führt uns in eine Familie, die sich auf der Terrasse vor dem Hause versammelt und im Anblick des noch jungen Grüns der Bäume Reisepläne für den Sommer macht, zu deren Ausarbeitung die Herren eine große Landkarte zu Rate ziehen. Von Menzels eigenen Reisen erzählt eine Innenansicht der in reichster spätbarocker Ausschmückung prangenden Klosterkirche zu Ettal, vom Altar aus aufgenommen, wo eben der Küster das Öl der ewigen Lampe erneuert (Abb. 77); ferner ein mehr figürliches Kirchenbild aus Oberbayern oder Tirol: „Vor der Beichte;" dann aus Bayreuth die hastige, aber sprechende Bleistiftskizze des dirigierenden Richard Wagner (Abb. 78).

Das Jahr 1876 sah unter anderem ein Deckfarbenbild entstehen, welches ein Stückchen aus der Franziskanerkirche zu Salzburg zeigt. Durch das prachtvolle schmiedeeiserne Gitter, welches einen Nebenaltar abschließt, sehen wir einen Ordensbruder mit den Kerzen dieses Altars beschäftigt; vor dem Gitter knieen Beter: eine sehr andächtige Dame, deren mit in die Kirche genommenes Söhnchen von der auferlegten Verpflichtung, ganz still zu sein, schrecklich gelangweilt wird, und ein Bauersmann, der zwischen seinen Gebeten dem Hantieren des Mönchs gedankenlos zusieht. Ferner ein ebenfalls in Deckfarbe gemaltes Genrebild, einen Mann in Renaissancetracht darstellend, der, in einem schwach erhellten Raum mit irgend etwas, das zu erraten der Einbildungskraft des Beschauers überlassen bleibt, beschäftigt, durch ein aus der Höhe, von wo auch ein scharfer Tagesstrahl einfällt, kommendes Geräusch beunruhigt wird, daß er argwöhnisch emporblickt und die Faust um den Griff seines breiten Dolchs, einer sogenannten Ochsenzunge, spannt (Abb. 79). Neben den farbigen Bildchen schuf Menzel zu allen Zeiten mit Stift oder Feder Zeichnungen, in denen er fertige Bildgedanken

Abb. 95. Bleistiftstudie zum „Ballsouper."

niederlegte. Dahin gehört aus dem Jahre 1876 eine köstliche Federzeichnung, „Siesta" betitelt: ein Sommeridyll, dessen Schauplatz der Garten eines herrschaftlichen Landsitzes zur Theestunde und dessen komische Hauptkrug" mit Bildern von Menzel. Die Holzschneidekunst hatte große Fortschritte gemacht in den letzten Jahrzehnten, und Bücher mit Holzschnittbildern waren in unzählbarer Menge entstanden. Da vielen Malern das

Abb. 96. Bleistiftstudie zum „Ballsouper."

person ein in der Hängematte schlafender wohlbeleibter Herr ist (Abb. 80).

Die Arbeitszeit des Jahres 1877 wurde zum größten Teil durch ein Illustrationswerk in Anspruch genommen. Zur hundertsten Jahreswiederkehr der Geburt von Heinrich von Kleist veröffentlichte die Verlagshandlung A. Hoffmann & Co. in Berlin eine Prachtausgabe von dessen Lustspiel „Der zerbrochene Holzzeichnen zu unbequem, auch das Arbeiten in größerem Maßstab geläufiger war, wurde es sehr beliebt, die Illustrationen nicht mehr unmittelbar auf den Stock zu zeichnen, sondern dieselben mit beliebigem Material und in beliebiger Größe auf Papier auszuführen und dann photographisch auf den Holzstock übertragen zu lassen. Auch Menzel machte bei seinen Abbildungen zum „Zerbrochenen

„Krug," die er dem Kronprinzen Friedrich Wilhelm widmete, von dieser scheinbaren Erleichterung Gebrauch. In humoristischer Weise deutet er in einer Vignette, welche er für das Titelblatt des Buches zeichnete, auf dieses ihm neue Verfahren hin: da sitzen auf den Ecken einer Kartusche, in der ein fallender Krug und die Werkzeuge des Zeichners und des Holzschneiders abgebildet sind, zwei Putten, von denen der eine einen photographischen Apparat zurechtrückt, während der andere das Druckergerät erwartungsvoll bereit hält. Menzel führte die Illustrationen, 34 an der Zahl, zum Teil in größerem Maßstab als Tuschzeichnungen aus, zum Teil in kleinerem Maßstab mit der Feder in derselben klaren Schärfe, als ob er auf den Holzstock zeichnete. Den Anfang der Bilder macht ein geistreiches Kopfstück zu der von Dingelstedt geschriebenen Einleitung. Da sieht man eine Marmortafel, auf der zwischen der komischen und

Abb. 98. „Noch eins!" Tuschzeichnung von 1879. In Privatbesitz in Berlin.
(Photographieverlag von Gustav Schauer in Berlin.)

Abb. 99. Dorfschmiede mit Wasserhammer (in Hof-Gastein). Deckfarbengemälde von 1879.
In der Nationalgalerie zu Berlin.
(Photographieverlag von Gustav Schauer in Berlin.)

Abb. 100. Schleiferei in einer Dorfschmiede. Ölgemälde von 1881. In Privatbesitz in London.
(Photographieverlag von Gustav Schauer in Berlin.)

der tragischen Maske die Jahreszahl 1777 und eine Wiege angebracht sind, als Hin- weis darauf, daß es sich um das Geburts- fest des Dichters handelt. Darüber erblickt

Abb. 101. Studien (Bleistift).

man Kleists Bildnis zwischen den Gestalten der ernsten und der heiteren Muse, das enthüllt und von Putten bekränzt und abgestäubt wird. Unten wirft ein fliegender kleiner Genius eine Schere und ein Pfeifchen in das Feuer, das aus einem zerbrochenen Kruge aufschlägt: das bezieht sich darauf, daß Dingelstedt berichtet, wie dem Lustspiel bisher durch Auspfeifen und durch Beschneiden Unrecht geschehen sei. Die Einleitung beginnt mit den Worten: „Er hat viel Kopfzerbrechens verursacht, dieser zerbrochene Krug." Diese Worte verbildlicht Menzel, indem er zum Tragen des zerbrochenen Kruges und zur Aufnahme des Anfangs-E eine aus viereckigen Fliesen, wie sie in Holland zur Wandbekleidung benutzt werden, zusammengefügte Figur zeichnet, welche die Teile des Menzelschen Kopfes enthalten, aber falsch zusammengesetzt sind, so daß die Teile nirgends aneinander passen. Am Schluß der Einleitung, wo deren Verfasser die Hoffnung ausspricht, daß das Stück zu seiner verdienten Würdigung auf der Bühne kommen werde, zeichnet Menzel das Publikum, das sich vor dem Theatereingang an der Kasse drängt. Das nächste Bild, ganzseitig, bringt das Personenverzeichnis des Lustspiels, auf einen Theatervorhang geschrieben, vor dem die Sitzreihen des Parketts sich füllen. Dann beginnt die Illustration des Stückes selbst, die aus Bildern am Kopfe und am Schluß eines jeden der dreizehn Auftritte und außerdem vier größeren, ganzseitigen Bildern besteht. Menzel verlegt die Zeit der Handlung in das letzte Viertel des 18. Jahrhunderts. Als Ort der Handlung ist die Gerichtsstube, die zugleich vom Dorfrichter als Wohnzimmer benutzt

Abb. 102. Am Spinett. Wasser- und Deckfarbengemälde von 1881. Im Besitz Ihrer Majestät der Kaiserin.
(Photographieverlag von Gustav Schauer.)

wird, vorgeschrieben. Aber der Zeichner beschränkt sich nicht auf diesen Schauplatz; sondern er macht die Wirkung seiner Verbildlichung der Begebenheit des Lustspieles sehr viel lebendiger und eindrucksvoller dadurch, daß er auch dasjenige, was auf der Bühne nicht gezeigt werden kann, dasjenige, was sich draußen zuträgt und was man aus den Aussagen der Personen erfährt, vorführt. Sein Humor paßt sich demjenigen des Dichters auf das köstlichste an. Ausgezeichnet ist gleich das Anfangsbild, wo der Dorfrichter Adam in Gegenwart des ihn durchschauenden Schreibers Licht sich mit den schmerzhaften Folgen seines nächtlichen Abenteuers beschäftigt. Am Schluß der Scene naht das Verhängnis in Gestalt eines durch den Schnee stapfenden Bedienten des Herrn Gerichtsrates, der dessen unerwartete Ankunft dem Richter melden soll. Nun tummeln sich die Mägde, draußen heimlich lachend, das Eß- und Trinkgeschirr aus der Gerichtsstube zu schaffen, in der man den Richter selbst einen verzweifelten Versuch machen sieht, in den Aktenstößen aufzuräumen. Eine kleine Vignette illustriert scherzhaft die Aus-

Abb. 103. Studie (Bleistiftzeichnung) aus Verona, 1882, zu dem Bilde „die Pizza b'Erbe in Verona."

rede, welche der alte Sünder für das Abhandengekommensein seiner Perücke vorbringt: die Hauskatze trägt die Perücke fort, an der statt des Zopfes ein Fragezeichen hängt. Drei Bilder sind dem Schlimmes bedeutenden Traum gewidmet, den der Richter seinem Schreiber erzählt: ein reizend erdachtes, lustiges Kopfstück schildert das Walten der Traumfee in der verhängnisvollen Nacht; dann sieht man in einer großen wirkungsvollen Darstellung den Schuldbewußten sich unter der beängstigenden Qual des Traumes dem Fenster, durch das er in der Nacht gesprungen; und neugierig spürt Frau Brigitte den Fußstapfen im Schnee nach. Während sich so die Entlarvung des Schuldigen vorbereitet, muß dieser sich notgedrungen entschließen, perückenlos die Amtsrobe anzuziehen (Abb. 83). Denn schon sieht man Frau Marthe, der ihre Tochter Eva folgt, mit großen Schritten, die Scherben des Kruges in den Händen, auf die Thür des Gerichtshauses zugehen. Darauf sieht man die in der Gerichtsstube Erschienenen zuerst noch unter-

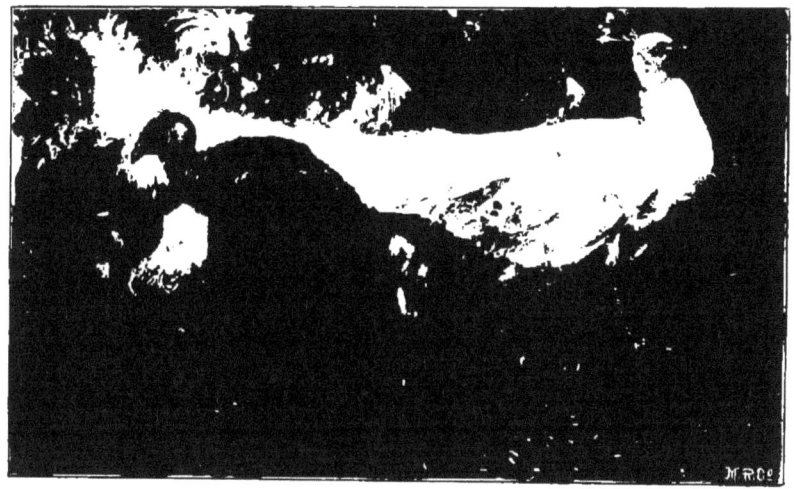

Abb. 101. Vom Geflügelhof. Wasser- und Deckfarbenbild von 1883 (aus dem Kinder-Album).
In der Nationalgalerie zu Berlin.
(Photographieverlag von Gustav Schauer in Berlin.)

im Bette winden; und das Ende des Traumgesichts: „und mußten in den Fichten übernachten" — verbildlicht ein mitten im tiefverschneiten Walde stehendes leeres Bettgestell. Der Herr Gerichtsrat, ein wohlwollend aussehender alter Herr, erscheint in der Thüre, ehrerbietigst von dem perückenlosen Richter und dem glatten Schreiber begrüßt. Der Büttel, der gerufen wird, um die Parteien zum Gerichtstag zu laden, tritt mit beschneiten Stiefeln von draußen herein. In dem Kopfstück zum nächsten Auftritt sieht man, was der Leser oder der Zuschauer im Theater erst viel später erfährt. Da hängt die Perücke des Richters in dem Weinstock unter einander zanken; im Hintergrund stehen, auf das Auftreten des Richters wartend, der Gerichtsrat und der Schreiber — Meisterwerke des Ausdrucks. Der Richter versucht vor Beginn der Verhandlung, der Zeugin Eva heimlich zuzureden, was von dieser ebenso mißfällig aufgenommen wird, wie von dem hohen Vorgesetzten. Dann versetzt ein großes Bild uns mitten in die mit lautem Schreien geführte Verhandlung mit der Klägerin Frau Marthe (Modellstudien hierzu in Abb. 81); und ein weiteres prächtig malerisches und ausdrucksvolles Vollbild führt uns den kritischen nächtlichen Vorgang in Evas Stube vor Augen, durch den der

Abb. 105. Versühte Knechtschaft. Wasser- und Deckfarbengemälde von 1883 (aus dem Kinder-Album).
In der Nationalgalerie zu Berlin.
(Photographieverlag von Gustav Schauer in Berlin.)

Bräutigam Ruprecht in den Verdacht gekommen ist, den wertvollen Krug zerbrochen zu haben. In der Verlegenheit, in welche die strenge Beaufsichtigung von seiten des Vorgesetzten ihn bringt, wird dem Richter schwül; er klingelt stürmisch nach der Bedienung. Eine Magd fragt durch die Thüre nach seinen Wünschen. Die Magd bringt mit gemessener Würde ein Glas Wasser ins Gerichtszimmer (Abb. 84). Nun wird Eva als Zeugin vernommen; Ruprecht fällt ihr tobend ins Wort, Richter Adam schreit diesen an, Schreiber Licht taucht die Feder schreibbegierig ein; was der Gerichtsrat, dessen Gesichtsausdruck in der allmählichen Umwandlung von dem ursprünglichen Wohlwollen durch die verschiedenen Bilder zu verfolgen ein wahres Vergnügen ist, was der in diesem Augenblick denkt, das sieht man nicht; er niest eben, nachdem er auf dem vorigen Bild bedächtig eine Prise genommen. Am Schluß dieses Auftritts, wo der Befehl des Gerichtsrates, Frau Brigitte als Zeugin herbeizurufen, eine Unterbrechung in die Sitzung bringt, tritt der Beschauer sozusagen mit dem Büttel und dem Schreiber hinaus ins Freie, wo auf der Straße und auf dem Steg des Kanals neugierige Frauen und nichtsnutzige Straßenjungen durch das Erscheinen jener beiden Amtspersonen in Aufregung versetzt werden. Drinnen tragen die Mägde schmunzelnd einen Imbiß auf; hastig und aufgeregt füllt der Richter die Weingläser, während der Gerichtsrat in ruhigem Gespräch mit den Leuten einen klaren Einblick in die verdächtige Sache zu gewinnen sucht. Und dann sieht man wieder draußen den Schreiber Licht mit eiligen Schritten zurückkommen und hinter ihm drein, unter staunendem Auflauf des Volkes, Frau Brigitte mit der verräterischen Perücke in der Hand. Darauf treten diese beiden in die Gerichtsstube, und die Augen des Gerichtsrates sperren sich weit auf beim Anblick des den Richter ganz vernichtenden Beweismittels; köstlich ist auch der Gesichts-

Abb. 106. Italienische Studie (Bleistift) von 1883.

7*

ausdruck des Schreibers, dessen Aussichten, Herrn Adams Stelle zu bekommen, in dem Maße wachsen, wie dieser in den Augen des hohen Vorgesetzten immer tiefer sinkt. Des Richters ganzes falsches Spiel ist durchschaut; von den Faustschlägen Ruprechts verfolgt, stolpert er zur Thüre hinaus. Der Gerichtsrat sieht erschöpft auf die Uhr, der Schreiber macht sich am Aktengestell zu schaffen, und die Parteien stehen befangen unter dem Druck der plötzlich gewonnenen Überzeugung, daß alle Beschuldigungen unbegründet waren; rührend ist der Ausdruck, mit welchem Eva ihrem nach der schweren Verdächtigung um Verzeihung bittenden Ruprecht gegenübersteht. Ein großes bewegtes Bild bringt dann die Lösung aller Mißverständnisse durch die Entdeckung der vom Richter Adam begangenen Fälschung (Abb. 82 Studie zur Eva in diesem Bilde). Draußen läuft alles Volk dem in weiter Ferne über das Feld flüchtenden Schuldigen nach, um ihn zurückzuholen (Abb. 85).

Nur eine ist bei der Wiederherstellung von Glück und Frieden noch nicht ganz befriedigt: Frau Marthe hält immer noch die Scherben des Kruges in den Händen und fragt den Gerichtsrat, wo sie wegen der Sachbeschädigung nun ihr Recht finden wird. — So zieht sich durch die dramatische Dichtung die Bilderreihe wie eine munter fließende Erzählung, deren glatter Lauf nur durch das Traumintermezzo und durch die rückgreifende Darstellung des Vorganges, bei dem der Krug in Scherben ging, unterbrochen wird. Das letzte Schlußstück führt uns wieder ins Theater: die sämtlichen Personen des Stückes, ganz humoristisch aufgefaßt, erscheinen an der Rampe, um dem Publikum ihre Verbeugung zu machen.

Unter den anderweitigen Arbeiten des Jahres 1877 zeichnet sich eine Tuschzeichnung durch ihren köstlichen Humor in der Lebenswahrheit aus, die uns in ein Coupé zweiter Klasse im Schnellzug und in die unbehaglich

Abb. 107. Italienische Studie (Bleistift) von 1883.

Abb. 108. Italienische Studien (Bleistift) von 1883.

übernächtige Stimmung des Augenblicks versetzt, wo an einer Station im frühen Morgengrauen die Waggonthüren aufgerissen werden und ein Kellner mit verschlafenen Augen, Kaffee anbietend, den Zug entlang eilt (Abb. 86).

Auch im Jahre 1878 führte Menzel wieder einige Blätter für den Buchdruck aus. Johannes Scherrs „Germania" enthält vier große Holzschnitte nach mit Feder und Pinsel von ihm auf dem Stock ausgeführten Zeichnungen, in welchen er noch einmal in den Kreis der Friedrichsdarstellungen zurückgegriffen hat: das Titelblatt zu dem Abschnitt „Die Hohenzollern," das Tabakskollegium König Friedrich Wilhelms I, die Abendtafel des jungen Friedrich II in Sanssouci und eine prächtige Halbfigur des alten Fritz, der von der im Hintergrunde sichtbaren bekannten Mühle von Sanssouci, nach der er hinübergeschaut hat, den Blick seitwärts, wie zu einem neben ihm Stehenden, wendet, so daß er dem Beschauer sein scharfes Profil und das leuchtende Auge zeigt. Auch die Komposition, welche er zu dem großen Werke auf die zusammengesunkenen Reste im Sarge hinweisend, die Worte: "Messieurs, der hat viel gethan!" Das Vorbild zu diesem Holzschnitt hat Menzel nicht als Zeichnung, sondern als Ölgemälde grau in grau ausgeführt.

Abb. 109. Aus Kissingen. Deckfarbengemälde von 1884. In Privatbesitz in Berlin.
(Photographieverlag von Gustav Schauer in Berlin.)

von Stillfried und Kugler "Die Hohenzollern und das deutsche Vaterland" beigetragen hat, hat Friedrich den Großen zum Helden. Sie zeigt die Öffnung des Sarges des Großen Kurfürsten in Gegenwart Friedrichs und mehrerer hohen Herrn; der König wendet sich zu seinen Begleitern um und spricht, Die Holzschneidekunst war ja inzwischen dazu gelangt, unabhängig von vorgezeichneten Strichen jeder malerischen Wirkung im sogenannten Tonschnitt gerecht werden zu können.

Als im Mai 1878 nach dem Mordanfall auf den Kaiser die ganze Nation wetteiferte, ihrer Entrüstung über die fluch= würdige That Ausdruck zu geben, über= nahm Menzel die künstlerische Herstellung der Adresse, welche die Berliner Akademie der Künste dem geliebten Herrscher aus die= sem Anlaß überreichte. Sonst nahm Menzel sich Zeit zu derartigen, die feinste Pinsel= arbeit erfordernden Schriftbildern; dieses aber wurde sofort entworfen und ausgeführt. Man sieht dem im Hohenzollernmuseum auf= bewahrten Blatt sozusagen die vor Empörung bebende Hand an, mit der es gemacht ist. Das Plötzliche und Ungeahnte der Schand= that ist wunderbar zum Ausdruck gebracht.

Im tiefsten Frieden spielten Elfen und Ge= nien im Blumengezweig um den Thron der Germania. Da brechen aus einer schwarzen Wolke, in der sich der feige Meuchelmörder verbirgt, krachende Feuerblitze hervor; die holden Geister fahren jählings zusammen,

Abb. 110. In der Klosterruine Aura bei Kissingen. Waffer= und Deckfarbenmalerei von 1884.
In Privatbesitz in Berlin.
(Photographieverlag von Gustav Schauer in Berlin.)

Germania springt von ihrem Sitze auf und richtet sich in majestätischer Größe empor. Vor der Krone aber, gegen deren Träger der frevelhafte Strahl gerichtet war, streckt sich schützend die Hand Gottes aus. Weiter unten sammeln sich dann wieder die Genien, und emsig, liebevoll und dienstbeflissen heben sie das Schriftband empor, welches die An=

rede der Adresse an den kaiserlichen Herrn enthalt. — Als schon nach wenigen Wochen dem ersten Mordanschlag ein zweiter folgte, war Menzel, der eben mit der geistreichen Improvisation jener Adresse fertig geworden sein mochte, damit beschäftigt, nach einem Afrikaner, dessen charakteristischer Kopf ihn interessierte, Studien zu zeichnen; da traf ihn die ins Zimmer gerufene Nachricht, und beim Abbrechen der Arbeit notierte er mit dem Zeichenstift die Schreckensbotschaft in hastigen Worten auf das Blatt.

Im Jahre 1879 wurden zwei Ölgemälde fertig, welche wieder ihren Stoff aus Berliner Hoffestlichkeiten schöpften. Beide sind von kleinem Umfang, aber reich an Inhalt, sie gewähren dem Betrachtenden eine unermeßliche Fülle von Genuß. „Cercle" heißt das eine (Abb. 90). Da ist der Augenblick erfaßt, wie Kaiser Wilhelm I beim Umherwandeln unter seinen Gästen an eine Dame ein paar freundliche Worte richtet. Der greise Herrscher trägt die Galauniform der Garde-du-Corps. Seine Haltung und seine Miene geben die ganze unendliche Liebenswürdigkeit und Güte seines Wesens wieder, und wir fühlen mit der von ihm Angeredeten das Beglückende seiner Ansprache. Diese Dame, jung, schlank und überaus anmutig in ihrer ganzen Erscheinung, erlebt wohl zum erstenmale eine solche Auszeichnung. Obgleich ganz Rückenfigur, ist sie ein sprechendes Meisterwerk des Ausdrucks. Ihre lichte liebliche Erscheinung hebt sich in den feinen Umrißlinien von Wange, Schulter und Arm wirkungsvoll ab von den kräftigen Farben des roten Waffenrockes und des großen Ordensbandes des Kaisers. Ringsum lauschen Herren und Damen, voller Ehrerbietung, aber so nahe herantretend, wie es nur statthaft erscheint, auf jedes der freundlichen Worte, die aus dem Munde des geliebten Herrschers kommen. Alle diese Umstehenden sind bezeichnende Gestalten der Hofgesellschaft, man möchte jeden und jede für eine bestimmte Persönlichkeit halten; doch enthält das Bild kein einziges Porträt außer demjenigen des Kaisers, das die vollendetste Naturtreue in jeder Linie der ganzen Gestalt besitzt. Während dieses Gemälde nur einen kleinen, aber um so fesselnderen Ausschnitt aus einem großen Hoffest gibt, läßt uns das andere in das

Abb. 111. Kamelführer. Deckfarbenbild von 1884. In Privatbesitz in Halle a. d. Saale.
(Photographieverlag von Gustav Schauer in Berlin.)

Abb. 112. Bleistiftstudie aus Berchtesgaden, von 1881.
(Photographieverlag von Gustav Schauer in Berlin.)

glänzende Gewoge der großen Menschenflut blicken, welche die Prunksäle erfüllt. Das Ballsouper ist dargestellt (Abb. 97). Man glaubt ein lebhafteres Schwirren der Stimmen zu vernehmen, ein freieres Bewegen geht durch die Gesamtheit, da der Augenblick, an leibliche Erquickung zu denken, gekommen ist, während der Hof sich in den reservierten Speisesaal zurückgezogen hat. Die Büffetts werden umdrängt, die Damen setzen sich auf den Sofas und Stühlen, soweit deren vorhanden sind, zusammen und verzehren lachend und plaudernd die von Herren und Dienern dargebotenen Erfrischungen; von den Herren kommen nur die wenigsten zum Sitzen, und für den minder Erfahrenen ist die Lösung der Aufgabe, Helm oder Hut, Teller und Besteck und Weinglas zu gleicher Zeit zu halten und dabei zu essen und zu trinken, nicht ohne Schwierigkeiten. Menzel hat mit seiner scharfen Beobachtung, die alles mit so sprechender Lebenswahrheit wiedergibt, auch die komischen Situationen, die da vorkommen, sich nicht entgehen lassen. Man möchte glauben, daß er mitten im Fest ein Skizzenbuch heimlich hervorgezogen hätte, um sich dieses und jenes zu notieren.

Ein ganz winziges Gemälde, das Brustbild eines Rokokoherrn enthaltend, führte Menzel in dem nämlichen Jahr für einen Berliner Kunstfreund aus, der sich eine merkwürdige Sammlung von Miniaturölgemälden anlegte; für die Größe dieser Bilder war der Umstand bestimmend, daß dieselben in oberbayerische Hutschnallen, reizvolle Gebilde bäuerlicher Goldschmiedekunst, eingerahmt wurden. In derselben Sammlung befindet sich von Menzel ein schon früher gemalter weiblicher Studienkopf.

Eine in die Tracht der Vergangenheit gekleidete köstliche Komposition ist in einer
1879 für ein Album ausgeführten Tuschmalerei niedergelegt. Ein Lebemann, dessen Kleidung die eines Kavaliers aus der Zeit des Großen Kurfürsten ist, hat sich in der Schenke an Austern gütlich gethan; behaglich lehnt er sich zurück, und mit den Fin-

gern vor dem geleerten Weinglas auf den Tisch trommelnd ruft er dem Wirte zu: „Noch eins!" (Abb. 98.)

Eine Abschrift aus der Wirklichkeit der Gegenwart bringt dagegen ein jetzt in der Nationalgalerie befindliches Deckfarbenbild, welches einen Blick in eine Schmiede zu Hof-Gastein giebt. In dem malerischen Dunkel des rußgeschwärzten Raumes stehen nur zwei größere Helligkeiten: ein erblindetes Fenster unter dem Dach und der mit dem Hemde

Abb. 113. Italienische Studie (Bleistift) von 1881.

Abb. 114. Italienische Studie (Bleistift) von 1884. Im Besitz der Verlagshandlung R. Wagner in Berlin.

bekleidete Oberkörper des nach vorn auf den Amboß zuschreitenden Schmiedes (Abb. 99).

Den in Gastein gesammelten Studien und Eindrücken verdanken die Hauptwerke der beiden folgenden Jahre ihre Entstehung. Von 1880 ist ein figurenreiches Ölbild, welches eine Prozession in Hof-Gastein dar- Vorn sind Zuschauer, der Mehrzahl nach Fremde, Städter; einige wenige, die der Prozession ihre Ehrfurcht bezeugen, andere schaulustig und die meisten gleichgültig. Von 1881 ein gleichfalls in Ölfarbe ausgeführtes Innenbild aus der Schmiede zu Gastein (Abb. 100). Der Schmied — es scheint die näm-

Abb. 115. Causerie. Deckfarbengemälde von 1881. In Privatbesitz in Köln.
(Photographieverlag von Gustav Schauer in Berlin.)

stellt. Der fromme Zug biegt, aus einer engen Straße kommend, eben um die Ecke eines Hauses. Der Geistliche mit der Monstranz schreitet unter einem von vier Männern getragenen Baldachin; Chorknaben, Träger von Lichtern und Fahnen gehen voran, auf den Eingang des die Kirche umgebenden Kirchhofs zu; es folgt eine lange Schar von Landvolk in Feierkleidung.

liche Persönlichkeit zu sein, die man auf dem Wasserfarbenbild von 1879 sieht — ist an einem großen Wetzrad damit beschäftigt, der lebhaften Nachfrage nach dem Schärfen alter Klingen Genüge zu thun; im Vordergrund prüft eine Magd die Schneide des Hackmessers, das sie eben in Empfang genommen hat, und ein starkknochiger Alpenbewohner sieht mit Geduld und Ruhe, den Bergstock in der Hand und die Pfeife im Munde, dem Schleifen seines langen Messers zu. Im Mittelgrunde sind Gesell und Lehrling am Amboß thätig, und draußen vor der Thür sieht man einen Schimmel des Beschlagens harren. Das Ganze wieder ein lebensvolles Stück Wirklichkeit, ebenso treffend in jeder Einzelheit gekennzeichnet, wie die Wiederspiegelungen der Hofbälle. Daran reiht sich als ein ebenbürtiges Wasserfarbenbild ein katholischen Kirche von außen und ein groß gezeichnetes Stück von einer Ecke des Zwingers. — Zu den Werken des Jahres 1880 gehört noch der in Ölmalerei prächtig ausgeführte lebensgroße Kopf eines Rabbiners. Zu den von 1881 ein feines Wasserfarbenbildchen, welches eine Dame in der Tracht von 1670—1680 darstellt, die, im Begriff sich an das Spinett zu setzen, in ihrem Notenheft liest (Abb. 102).

Abb. 116. Kontribution. Deckfarbengemälde von 1885. In Privatbesitz in Berlin.
(Photographieverlag von Gustav Schauer in Berlin.)

Blick in die Pfarrkirche zu Innsbruck während der Predigt. — Die Barockarchitektur, wie sie in einer solchen Kirche sich entfaltet, übte einen nie aufhörenden Reiz auf Menzels Auge aus, und manches, was er nicht malte, wurde in bloßer Zeichnung, die keinen anderen Zweck hatte, als den, solchem Reiz Genüge zu thun, zum abgeschlossenen Kunstwerk; so ein Stück aus der großen Wallfahrtskirche zu Einsiedeln, das er 1881 aufnahm, und als Früchte eines Aufenthalts in Dresden im vorhergegangenen Jahre eine Ansicht der dortigen

Eine Aufgabe besonderer Art brachte dem Meister das Jahr 1882. Da malte er die Vorlagen für den Schmuck des Tafelgeschirrs, welches die königliche Porzellanmanufaktur zu der im folgenden Jahre stattfindenden silbernen Hochzeit des Kronprinzenpaars anfertigte. Mit Geschmack und munterer Laune entwarf er im Anschluß an die besondere Bestimmung einer jeden Schüssel farbenfrohe Bildchen von Putten, Blumen, Tieren und Früchten.

Bei seiner sommerlichen Erholungsreise im Jahre 1881 verweilte Menzel ein paar

Abb. 117. Altarausschmückung. Deckfarbengemälde von 1885. In Privatbesitz in Berlin.
(Photographieverlag von Gustav Schauer in Berlin.)

Tage in Verona, wohin er auch das Jahr zuvor einen kurzen Ausflug gemacht hatte. Was ihn nach der italienischen Stadt wieder hinzog, war das bunte lärmende Volksleben, das gerade hier seine nationale Eigenart und unverfälschte Natürlichkeit so treu bewahrt hat. Wie treffend er diese Eigenart erfaßte, bekunden schon die ersten Studienzeichnungen, die er von dort heimbrachte (s. Abb. 103). Das wogende Getriebe auf dem Gemüsemarkt von Verona, das den vom Norden kommenden Wanderer so fremd-

Schöpfungen Menzels stellt. Da ist vielleicht an erster Stelle ein Bild vom Hühnerhof zu nennen, wo eine Truthenne mit ihren dunklen Farben sich von der breiten Lichtmasse abhebt, die durch einen weißen Pfau und einen gelben Cochinchinahahn gebildet wird (Abb. 104). Oder die beiden als Gegenstücke gedachten Papageienbilder, von denen das eine die „süße Freiheit" eines blauen Ara, der im Baumwipfel sitzt, das andere die „versüßte Knechtschaft" eines Kakadu schildert, der unter den Liebkosungen einer

Abb. 118. Studie (Bleistift) aus Interlaken, von 1885. Im Besitz der Kunsthandlung Fritz Gurlitt in Berlin.

artig und betäubend umfängt, setzte sich als Bildgedanke in seinem Kopfe fest.

Mit der Jahreszahl 1883 sind mehrere zu dem „Kinder-Album" gehörige Blätter bezeichnet. Diese Sammlung kostbarster Wasserfarbenbildchen schloß Menzel in diesem Jahre ab. Manches ältere Blatt unterzog er dabei einer Überarbeitung. Das Ganze war zu einer Reihe von 43 Bildern angewachsen, die nachmals sämtlich in den Besitz der Nationalgalerie übergegangen sind. Es befinden sich Werke darunter, die neben allen anderen Eigenschaften einen wunderbaren Farbenreiz besitzen, der sie in die Vorderreihe der glücklichsten malerischen

seinen Damenhand seinem Behagen durch Aufblähen der Federn und possierliche Verdrehungen Ausdruck gibt; hier klingen das Weiß und Schwefelgelb des Gefieders, der zarte Fleischton, die Metalltöne des goldenen Armbandes und der Messingstäbe und Kette, das Grün von Blattpflanzen und die prächtigen Farben eines Teppichs zu einer bezaubernden Melodie zusammen (Abb. 105).

Im Sommer 1883 ging Menzel zum drittenmal nach Verona. Wiederum bemaß er seinen Aufenthalt nur auf drei Tage. Aber mit seinem unglaublichen Auffassungsvermögen hatte er jetzt Eindrücke genug sich dort eingeprägt, um in einem figu-

Abb. 119. Studienkopf (Bleistiftzeichnung) von 1885. Im Besitz der Verlagshandlung R. Wagner in Berlin.

renreichen Ölgemälde, das im folgenden Jahre fertig wurde, die Piazza d'erbe mit einer Beredsamkeit und Wahrheit zu schildern, wie sie kaum jemals ein berufsmäßiger Schilderer italienischen Volkslebens erreicht hat. Jeder Beschreibung in Worten entzieht sich dieses bunte, farbige Gewühl, auf das die alten Steinhäuser des Marktplatzes und das marmorne Brunnenbild der Stadtgöttin herabschauen; in das Stimmengewirr der Feilschenden an den von großen Sonnenschirmen beschatteten Ständen der Marktfrauen mischen sich die schrillen Rufe der wandelnden Verkäufer; ein Maultierkarren, Hunde, Gassenbuben, die einer in dem Lärm und der Bewegung ganz außer Fassung geratenden nordländischen Familie durch Vorführung von Purzelbäumen ein paar Kupferstücke abzulocken suchen, vermehren das Gedränge, das den daran Gewöhnten doch so kalt läßt, wie die Straßenarbeiter, die im Vordergrund mit der Ausbesserung des Trottoirs beschäftigt sind. — In einem mit Wasserfarben ausgeführten kleinen Bild brachte Menzel in dem nämlichen Jahr noch eine Erinnerung an den Veroneser Gemüsemarkt: zwei junge Bäuerinnen, die an ihrem Obststand mit einer in den landesüblichen schwarzen Spitzenschleier gehüllten Bürgersfrau handeln, — drei Halbfiguren von sprechendster Lebenswahrheit und örtlicher Eigenart.

Daneben entstanden im Jahre 1884

Adolph Menzel.

noch eine Menge Deckfarbenbildchen verschiedenen Inhalts. Die meisten derselben enthalten Reiseerinnerungen aus Süddeutschland. Da steht an der Spitze die köstliche Darstellung des Wärmkessels zu Kissingen, um den sich in früher Morgenstunde zahlreiche des heilkräftigen Wassers Bedürftige — mannigfaltige Typen — versammeln (Abb. 109). In der Burgruine Aura bei Kissingen läßt der Künstler uns dem Treiben einer munteren Schar von Touristen, Herren und Damen, zuschauen. Und ein anderes Mal erblickt er in dem Spiel der einfallenden und zurückgeworfenen Lichtstrahlen auf einem Stück Wendeltreppe im Gemäuer dieser Ruine die Anregung zu einem malerisch in sich abgeschlossenen Bildchen (Abb. 110). Nach Beendigung der Badezeit im Gebirge verweilend, wird der Meister in Garmisch bei Partenkirchen durch den Anblick fremdartig aufgeputzten fahrenden Volkes gefesselt, das durch die Vorführung von Kamelen und Affen die

Abb. 120. Studie (Bleistift) von 1886.

Knackfuß, Adolph Menzel.

Abb. 121. Studienkopf (Bleistift) von 1886. Im Besitz der Verlagshandlung R. Wagner in Berlin.

Abb. 122. Vom Markt zu Verona. Tuschzeichnung von 1886. In Privatbesitz in New York.
(Photographieverlag von Gustav Schauer in Berlin.)

Schaulust der Eingebornen sowohl wie diejenige der dort Sommerfrische genießenden Großstädter reizt und bei diesen wie jenen die Kinder in freudige Erregung versetzt; und es entsteht daraus ein lebensprühendes Bild von prächtigster malerischer Wirkung (Abb. 111). Welcher Gegensatz zwischen einer solchen Schilderung ländlichen Daseins und dem gleichzeitig gemalten Ausschnitt aus einem Hoffest! „Causerie" betitelt Menzel dieses prächtige kleine Meisterwerk. Nicht in die großen glanzgefüllten Säle führt er uns dieses Mal, sondern in einen Nebenraum, der aus der Reihe der eigentlichen Festräume heraustritt. Da haben ein Kammerherr und ein Provinziallandstand eine stille Ecke zu einem vertraulichen Gespräch gefunden; in dem anstoßenden Ballsaal hebt eben die Musik wieder an, mehrere Paare durchschreiten, dorthin eilend, das Nebenzimmer; die beiden Excellenzen aber werden wohl noch eine geraume Weile durch das Thema ihrer mit

Abb. 123. Studienblatt (Bleistiftzeichnung) von 1887.

Abb. 124. Modellstudie (Bleistift) von 1888.

gedämpfter Stimme geführten Unterhaltung in den Polsterstühlen festgehalten werden (Abb. 115). — Und wieder ein Bild im Gewande der Vorzeit dazwischen. Ein schriftgelehrter Mann in holländischer Tracht des 17. Jahrhunderts sitzt in seinem Gemach an einem runden Tisch und hat sich in einen alten Pergamentkodex so sehr vertieft, daß er über dem Entziffern der Handschrift sogar seine kurze Thonpfeife hat kalt werden lassen; es erscheint fraglich, ob es dem verlockend aussehenden Frühstück, mit dem eine Dienerin in der Thür erscheint, gelingen wird, ihn zum Unterbrechen des Studiums zu veranlassen.

Auch unter den Gemälden des Jahres 1885, die sämtlich in Deckfarbenmalerei und in kleinem Format ausgeführt sind, finden wir eines, das uns in das 17. Jahrhundert versetzt; und zwar dieses Mal in die schwere Zeit des dreißigjährigen Krieges. Bei einem Kaufmann ist ein Feldhauptmann mit seinem Gefolge von Arkebusieren erschienen, um die auferlegte Kriegssteuer einzukassieren. Der Kaufmann streicht aus einem Lederbeutel die Gold- und Silbermünzen auf den Tisch; mit spannender Angst und Sorge blickt er auf die Mienen des Hauptmanns, der, vom Lehnstuhl sich erhebend, eines der Goldstücke prüfend auf seine Vollgültigkeit hin betrachtet. Des Kaufmanns Magd bringt in zinnernen Kannen einen Labetrunk herein, um die Brandschatzer milde zu stimmen; sie erbebt unter dem glühenden Blick, den ein Arkebusier auf sie heftet, während er den Deckel einer der Kannen aufklappt. In den rohen Gesichtern der anderen Kriegsknechte glitzern Raubtieraugen unter den Schirmen der Eisenhauben (Abb. 116). — In einen vornehmen Berliner Salon führt uns die „Matinee," wo alles regungslos dem Gesange eines Herrn lauscht, den die Tochter des Hauses auf dem Piano begleitet. Den trüben Nachklang froher Feste schildert launig der in der Nationalgalerie befindliche „Aschermittwochmorgen im Tiergarten." — Dann wieder Reiseerinnerungen. Von einem Fenster zu Kissingen aus gemalt ein Blick in den sonnigen Garten hinab. Eine japanische Näherin während der Ausstellung zu München. Ein prickelndes Architekturstück — dieses Mal aus dem von Menzel seltener aufgesuchten Westen Deutschlands —, ein Seitenaltar in einer Trierer Kirche: der nicht sehr große, aber in den üppigsten Barockformen sich bewegende, mit einer Darstellung des Sieges Christi über den Tod in lebensgroßen Figuren ausgestattete Altaraufbau wird eben für einen bevorstehenden Feiertag geschmückt; unter der Aufsicht des Sakristans besorgen ein Meßjunge und ein Kleriker das Anbringen des Schmuckes über dem Altartisch; die silbernen Leuchter stehen blank geputzt in Bereitschaft, und ein junges Namen verknüpft bleiben dem Volke die Erinnerungen an die Thaten der erlauchten Ahnen Meines Hauses; Sie haben durch Trübsal und Herrlichkeit den Weg der Vorsehung im Bilde anschaulich gemacht, welcher dasselbe aus kleinen Anfängen zu großen

Abb. 125. Modellstudie (Bleistift) zur „Balletpisode."

Mädchen ordnet frische Blumen zu Sträußen in die Vasen (Abb. 117).

Die siebenzigste Geburtstagsfeier Menzels gestaltete sich zu einem großen Fest, zu dem von fern und nah die Freunde und Verehrer des Meisters zusammenströmten. Den ersten Glückwunsch erhielt der Gefeierte von Kaiser Wilhelm I. in einem Handschreiben voll höchster Anerkennung seiner von Vaterlandsliebe getragenen Kunst. „Mit Ihrem Endzielen geführt hat," heißt es in diesem königlichen Geburtstagsgruß. Eine weitere hohe Auszeichnung empfing Menzel von seinem König durch die Ernennung zum Kanzler der Friedensklasse des Ordens pour le mérite. Von der Berliner Universität erhielt er den Doktortitel, von seiner Vaterstadt Breslau das Diplom als Ehrenbürger.

Unter den Erzeugnissen des Jahres 1886 befinden sich zwei prächtige kleine Deckfarben-

Abb. 126. Ballepiobe. Ölgemälde von 1888. In Friedrichsruh. (Photographieverlag von Gustav Schauer in Berlin.)

bilder, von denen das eine einen würdevollen Perückenträger aus der Endzeit des 17. Jahrhunderts darstellt, der ungeachtet seines Selbstbewußtseins dem „häuslichen Einfluß" seiner Gattin untersteht; das andere zeigt drei Köpfe aus einem Konzertpublikum, die der Meister seinem Gedächtnis in dem Augenblick einverleibt hat, wo sie sich neugierig nach einer Dame umsehen. Daneben ist eine größere Tuschzeichnung hervorzuheben, in welcher er die Erinnerung an die Piazza d'erbe zu Verona nochmals aufleben ließ. Da sehen eine Zwiebel herunter für eine hübsche junge Frau aus dem Volk, die ihre dürftige Morgenkleidung unter einem fest umgezogenen schwarzen Tuch verhüllt. Im Vordergrunde hat ein Bauer sich zu einem Schläfchen ausgestreckt, wobei er ein paar Wassermelonen als Kopfkissen benutzt (Abb. 122). — Auch eine Radierung, eine Zeitungsleserin darstellend, befindet sich unter den Schöpfungen dieses Jahres. Es hatte sich in Berlin ein Verein für Originalradierung gebildet, und Menzel führte das Blatt, in dem er zum erstenmal

Abb. 127. Italienischer Studienkopf (Bleistift) von 1888.

wir das ganze bunte Stilleben vor uns, das sich unter dem Riesensonnenschirm eines dortigen Marktstandes aufbaut: Obst und andere Gartenerzeugnisse, lebendes und totes Geflügel; ein zahmer Rabe hockt als Freund der Verkäuferin, vielleicht als Wächter, dabei. Es scheint noch früh am Vormittag zu sein, das wogende Marktgewühl hat noch nicht begonnen. Eine Dame ist auf dem Weg von der Kirche an den Stand herangetreten, um sich bei der Bäuerin nach den Preisen der Eier oder der Früchte zu erkundigen. Der Bauersmann, eine prächtig charakteristische Figur, mit der beißenden Regiecigarre zwischen den Zähnen, schneidet von den im Schirmgestell aufgehängten Schnüren

seit Jahrzehnten dieses auch in der Jugend nur selten von ihm geübte Kunstverfahren wieder aufnahm, zur Anspornung für jüngere Künstlerkräfte für die Mappe dieses Vereins aus. Auch in den folgenden Jahre lieferte er Beiträge zu dessen Veröffentlichungen.

Im Jahre 1887, das ein Bildchen von eigenartigem Reiz in der Darstellung einer Scene aus der japanischen Ausstellung in Berlin brachte, arbeitete Menzel an zwei Schriftblättern, in denen der Reichtum seiner Erfindungsgabe für derartige Sachen sich ebenso frisch offenbarte, wie je in jüngeren Jahren. Das eine dieser Blätter war das Ehrenmitgliedsdiplom der königlichen Akademie der Künste zu Berlin für den Minister

Dr. von Goßler. Der künstlerische Schmuck ist hier in zwei Seitenstreifen verteilt. Links steht unter einem Architekturbogen, der die Namen Chodowiecki, Schlüter, Schadow und des Musikers führen; am Grunde des konsolenartigen Sockels der Architektur sitzt der vierte Genosse, den ein Säulenkapitell auf dem Kopfe als den Genius der Baukunst

Abb. 123. Studienblatt (Bleistift) von 1889. Im Besitz der Kunsthandlung Fritz Gurlitt in Berlin.

auf seinem Scheitel den preußischen Adler trägt, eine majestätische Frau mit klassischen Zügen, die Verbildlichung der Akademie, welche die Hand zur Begrüßungsansprache erhebt. Zu ihren Füßen befinden sich Knaben, welche Geräte des Malers, des Bildhauers kennzeichnet. Dieser letztere hält die Enden des Spruchbandes zusammen, das, an den Seiten von Putten geleitet, den Sockel umschließt und das den Sinnspruch trägt: „All' Kunst himmlisch Ding, irdisch Fundament; sonder Erz und Stein kein Gebild, kein

Gebäud." Dieser Spruch wird ergänzt durch die Worte, welche in dem Sockel zu den Seiten des Pegasus, der denselben als Reliefbild schmückt, eingegraben sind: „Ohn' das kein Malen" steht unter den Füßen des Knaben, der in der einen Hand die Palette trägt, mit der anderen die Pinsel ausdrucksvoll emporhält; „ohn' die kein kömmlichen, von der alten Schilderzunft auf die Künstlerschaft übergegangenen Wappen oben in der umrahmenden Architektur angebracht ist: im gespaltenen Schild rechts eine Biene, links ein Fittich. Oberhalb der Schilde sitzen auf dem Gesimse zwei Putten, die mit angestrengter Emsigkeit die Arbeit der vervielfältigenden Künste üben. Der

Abb. 129. Studien (Bleistift) von 1889. Im Besitz der Kunsthandlung Fritz Gurlitt in Berlin.

Musizieren" unter dem anderen, der eine Geige gefaßt hat. Und in launiger Weiterführung des Gedankens, daß es ohne Technik keine Kunst gibt, stehen neben dem beschwingten Pegasus die nützlichen Tiere, welche dem Maler die Borsten für die Pinsel und dem Musiker die Saiten liefern, ein Eber und ein Widder. Sinnig wird der Gedanke, daß zum Genie die fleißige Arbeit gehört, wiederholt durch die Figuren eines Wappens, das als Gegenstück zu den herrechtsseitige Schmuckstreifen der Urkunde enthält ein munteres Puttenspiel, das die Einstimmigkeit der Wahl des Ehrenmitglieds andeutet; die Wahlurne, an der die mit Würdenabzeichen geschmückten schelmischen Kinder beschäftigt sind, steht am Fuß einer Säule, und oben hoch auf dem Kapitell dieser Säule thront ein würdevoll gekleideter Genius mit einer Schreibfeder in der Rechten und einer hochgehaltenen Lampe in der Linken. — Die andere Urkunde war der

Abb. 130. Studie (Bleistiftzeichnung) zu der Radierung „Italienisch lernen."
Im Besitz der Verlagshandlung R. Wagner in Berlin.

Abb. 131. Studie (Bleistiftzeichnung) zu der Radierung „Italienisch lernen."
Im Besitz der Verlagshandlung R. Wagner in Berlin.

Abb. 132. Italienisch lernen. Radierung von 1859.
(Aus dem 4. Jahresheft des Vereins für Original-Radierung zu Berlin. Verlag von Paul Bette in Berlin.)

Ehrenbürgerbrief, durch welchen die Stadt Hamburg dem in London lebenden Hamburger G. C. Schwabe ihren Dank aussprach für die Schenkung einer Gemäldesammlung an seine Heimat. In gleichem Gedanken- und Formenreichtum entworfen und ausgeführt wie jenes, enthält dieses Blatt in der Hauptgruppe eine thronende Gestalt der Hammonia und vor ihr einen Ratsherrn in seiner altertümlichen Amtstracht, der,

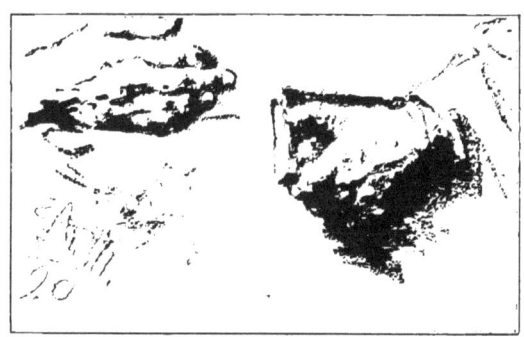

Abb. 133. Studien (Bleistift) von 1890.
Im Besitz der Kunsthandlung Fritz Gurlitt in Berlin.

Abb. 131. Studie (Bleistift) von 1890.

von Flügelknaben mit dem Schreibgerät bedient, die beschlossene Auszeichnung in das Goldene Bürgerbuch der freien Stadt einträgt.

Die Vollendung dieser beiden Blätter, die Menzel mit all der auf jede Kleinigkeit sich erstreckenden Feinheit durchbildete, welche er von jeher auf derartige Arbeiten verwendete, zog sich in das Jahr 1888 hinein. In dem nämlichen Jahre entstand ein Deckfarbenbildchen, welches unter dem Titel „Beati possidentes" eingekleidet in niederländische Tracht des 17. Jahrhunderts, ein Ehepaar zeigt, das in vollem Behagen an der Ausnutzung seiner Wohlhabenheit Künstler, Handwerker, Gärtner bei der Herrichtung eines schmucken Landsitzes beschäftigt und dabei auch auf deren reichliche Verpflegung sorglich bedacht ist. Daneben wurde wieder eines jener kleinen Ölgemälde fertig, in welchen Eindrücke von großen Hoffesten sich so köstlich wiederspiegeln. „Ballepisode" heißt das Bild (Abb. 126). Wir befinden uns auf einer Galerie, wie sie ähnlich — nicht gerade so, denn auch in den Architekturen dieser Art von Darstellungen gibt der Meister so wenig bestimmte Abbilder von in der Wirklichkeit Vorhandenem wie in den Persönlichkeiten — im Weißen Saale des chenden Persönlichkeiten aus seiner Einbildungskraft geschaffen, daß er die Studien dazu nach gewöhnlichen Modellen gezeichnet hat. Dieser ältliche Herr in Marineuniform, der, die Hand mit dem Hut auf den Rücken haltend, sich über die Brüstung beugt und

Abb. 135. Studie (Bleistiftzeichnung).

königlichen Schlosses vorhanden ist. Dahin hat sich ein Teil der Gesellschaft, Damen und Herren der höchsten Aristokratie, zurückgezogen, um mehr als Zuschauer wie als Teilnehmer dem Feste beizuwohnen. Welche unglaubliche Charakteristik wieder in jeder dieser Gestalten! Man kann es kaum für möglich halten, daß der Künstler diese sprechen in den Saal hinabblickt; die schöne junge Dame, die mit dem Fächer ihre Augen beschattet, um die unten wogende Menge besser mustern zu können; die stattliche Dame, welche, der Aussicht den Rücken kehrend, mit dem Fächer ihre große Schleppe ein wenig beiseite schiebt, um dem mit verbindlichster Miene auf sie zutretenden Minister den Schritt freizugeben; der vornehm kühle blondbärtige Husarenoffizier und der freundliche General, die in so verschiedenartiger Weise sich mit ihren Nachbarinnen unterhalten, Schatten durchkreuzenden Lichtes über dem Ganzen!

Ein Ölgemälde von 1889, „nach Schluß des Festes," reiht sich ebenbürtig den glän-

Abb. 136. Italienischer Studienkopf (Bleistiftzeichnung) von 1890.

halten, und alle die anderen, die in weiterer Entfernung noch deutlich erkennbar sind: man meint, man müßte ihnen schon einmal in der Wirklichkeit begegnet und müßte sie genau so sich benehmen gesehen haben. Und welcher ebenso naturgetreue flimmernde Glanz des vielfältig hereinstrahlenden, die zenden Schilderungen aus der Mitte des bei Hofbällen sich entfaltenden Lebens an.

Ein prächtiges Blatt schuf der Meister in der Radierung, welche er in diesem Jahre zu dem Heft des Vereins für Originalradierung beisteuerte: „Italienisch lernen!" (Abb. 132; vgl. die Studien Abb. 114, 121, 130 und

Abb. 137. Studienkopf. Bleistiftzeichnung von 1892. Im Besitz der Verlagshandlung R. Wagner in Berlin.

Abb. 188. Studie (Bleistiftzeichnung) von 1892.

131.) Ein deutscher Wanderer, der die Alpen überschritten hat, ein untersetzter, vollbärtiger, schon etwas ältlicher Herr, hat in einer ländlichen Osteria Halt gemacht: er sitzt im Freien an dem langen Holztisch beim Wein, und in dem Bedürfnis, seine Kenntnis von italienischer Sprache und Art zu vervollkommnen, ladet er einen armen Mann, einen malerischen Greis, zur Teilnahme an dem erfrischenden Trunk ein: „favorisca!" Der Alte öffnet sein Taschenmesser, um von den Zwiebeln, die er aus der Tasche geholt hat, eine zu zerschneiden, da es gegen die Grundsätze seines langen Lebens geht, in den leeren Magen hinein zu trinken; auch er wird mit höflichem Anbieten sagen: „favorisca," und die italienische Unterhaltung ist eröffnet. Die Sprechübung kann eine Weile fortgesetzt werden; denn die Wirtin bringt einen zweiten Fiaschetto herbei. — Wenn man ein solches Blatt betrachtet, wo die Radiernadel mit einer Sicherheit und Leichtigkeit gehandhabt ist, die nur mit Rembrandt zu vergleichen ist, wo Köpfe, Hände und Gestalten, Charakter von Haut und Haar und verschiedenen Stoffen in einer scheinbar ganz mühelosen, skizzierenden Behandlung so treffend gekennzeichnet sind, so erscheint es unbegreiflich, daß das Werk aus den Händen eines in hohem Greisenalter stehenden Mannes hervorgegangen ist. Auge und Hand sind der geistigen Frische des Meisters treu geblieben.

So hat Menzel auch in den folgenden Jahren mit unverwüstlicher Kraft immer weitergeschaffen. Überall ist das Skizzenbuch sein treuer Begleiter geblieben. Jüngstgeschautes und im Gewahrsam des erstaunlichen Gedächtnisses Aufgehobenes hat er in Bildern, mit Öl- oder mit Wasserfarben

Abb. 139. Studie (Bleistiftzeichnung) von 1893.
Im Besitz der Kunsthandlung Fritz Gurlitt in Berlin.

Abb. 140. Studienkopf (Bleistiftzeichnung) von 1893.
Im Besitz der Kunsthandlung Fritz Gurlitt in Berlin.

gemalt, niedergelegt, und auch freie Erfindungen hat er dazwischen wieder gestaltet. Sein Schaffensvermögen und seine Schaffenslust erscheinen unerschöpflich. Nichts in seinen spätesten Arbeiten erinnert an seine hohen Jahre. Einen wichtigen Bestandteil von Menzels Lebenswerk bilden seine nach der Natur gezeichneten Studien. Seine Studienblätter sind Kunstwerke; auch solche, bei denen er selbst durch unwilliges Durchstreichen sich für nicht befriedigt erklärt oder in denen er eine einzelne Stelle mit solchen Strichen durchfahren hat, um sie als ungenau zu bezeichnen (s. Abb. 128 und 129, 101 und 120). Ein Fleiß und eine Gewissenhaftigkeit ohnegleichen haben ihn nie verlassen, und namentlich im Anblick von manchen bildnismäßig ausgeführten Studienköpfen aus den letzten Jahren (s. Abb. 137) möchte man fast sagen, daß sein Können immer noch gewachsen sei. Es ist, als ob das stete Schöpfen aus dem Quell der ewig jungen Natur ihn selber dauernd jung erhalten habe.

Dem im achtzigsten Lebensjahre mit straffer Rüstigkeit und ungetrübter Arbeitsfreude wirkenden Künstler hat Seine Majestät der Kaiser im Frühjahr 1895 ein einzigartiges Fest bereitet, um den Schilderer des

Zeitalters Friedrichs des Großen, den Schöpfer unserer Vorstellungen von dieser Zeit, zu ehren. Der Schauplatz des Festes war Sanssouci. Alle Geladenen trugen die Kleidung jener Zeit, in so gewissenhafter Durchführung, als ob Menzel jedes Kostüm vorgezeichnet hätte. Nur Menzel, vor dem die ihm zugedachte Überraschung streng geheim gehalten worden war, kam im heutigen Frack. Da trat vor dem Ahnungslosen eine Wache Fridericianischer Grenadiere ins Gewehr; Kommandos und Bewegungen waren genau nach den Reglements von damals einstudiert. So leitete das Fest sich ein, dessen Höhepunkt eine Musikaufführung im Konzertsaal des Schlosses war, und das dem Künstler die Gestalten und Vorgänge leibhaftig vor Augen führte, mit denen vor einem halben Jahrhundert seine Einbildungskraft diese Räume bevölkert hatte. Es ist erwähnenswert, daß dieses Fest dem Meister die erste Gelegenheit gab, den Saal in jener Kerzenbeleuchtung zu sehen, die er damals aus seinem Vorstellungsvermögen heraus so prächtig gemalt hatte.

Einige Tage nach seinem unter allseitiger Teilnahme glänzend gefeierten achtzigsten Geburtsfeste wurde Menzel von dem Unfall betroffen, daß er einen schweren Sturz über eine Treppe that. Aber seine zähe Natur überwand überraschend schnell die anfangs bedenklich erscheinenden Folgen dieses Unfalls. Und im neunten Jahrzehnt seines Lebens fuhr er fort, mit der Frische eines Jünglings zu arbeiten.

Der vielseitigen und doch in so ausgeprägte Eigenart gefaßten Kunst Menzels steht die gesamte Kunstwelt ehrfurchtsvoll gegenüber. Und mitten in dem gärenden Kampf zwischen alten und neuen und werdenden Anschauungen versagt keiner dem Manne seine aufrichtige Bewunderung, der früher als andere das Vorhandensein malerischer Schönheit überall ringsum in der alltäglichen Wirklichkeit entdeckt und mit echter Künstlerschaft verwendet hat.

Abb. 141. Vignette aus Kugler-Menzels Geschichte Friedrichs des Großen.